継母と妹に家を乗っ取られたので、
魔法都市で新しい人生始めます！

登場人物紹介
カマル
アメリーのクラスメイト。
砂漠大国出身で、
ミステリアスな
雰囲気の美少年。
アメリーに対して
貢ぎ癖がある。
アメリー
裕福な商家に
生まれたものの、
継母と妹に家を乗っ取られ、
極貧生活を送ってきた。
素直な性格で頑張り屋。
不思議な魔法都市で
新しい人生を満喫中！
シュエ
アメリーの使い魔。
自立心旺盛な賢い子猫。

ノア
アメリーのクラスメイト。
中性的で可愛らしい
見た目に反し、
少々がさつな性格。
ジュリアス
アメリーの担任教師。
近隣の魔法大国の貴族。
公正で生徒思い。
ミスティ
アメリーのクラスメイト。
魔物や動物が大好き。
元気で明るい少女。
ハイネ
アメリーのクラスメイト。
呪いと魔法薬学が得意。
普段は大人しいが、
魔法薬学の授業
では饒舌になる。
サリー
アメリーの腹違いの妹。
特別な魔法の才能の持ち主。
猫かぶりで人心掌握に長ける。
ガロ
アメリーのクラスメイト。
平民出身のハングリー
精神旺盛な少年。

一　ある日、継母と妹に家を乗っ取られまして

茶色い岩山に囲まれた地方都市――その中央に建つ広大な屋敷は、思い出の詰まった私の大事な生家だ。

けれど、それは過去のこと。

濃紅《こいくれない》色の秋薔薇《ばら》が咲き誇る広い庭の一角で、すり切れたワンピースに身を包んだ私――アメリー・メルヴィーンは、両手を強く握りしめていた。

栄養不足でひび割れた皮膚《ひふ》に、汚れた薄い爪が食い込む。

目の前に立つのは、血のように真っ赤な口紅を引き、一目で高級とわかるドレスを纏《まと》った緑髪の妖艶な美女。そして、彼女と同じく綺麗なドレスを着込んだ美少女。

私の継母、ドリー・メルヴィーンと、彼女の実子のサリー・メルヴィーン。

二人は、二年前の同じ日に、この屋敷へやって来た。

「アメリー、ヴルスレ商会のご子息から、婚約破棄の連絡が届いたわ。理由は、『婚約者は妹だと思っていたのに、姉だなんて聞いていない』からだそうよ。『姉の方なら、お断りだ』ですって。これで、何人目かしらねえ？」

うなだれる私を見下ろすドリーの前に、白いレースの塊が飛び出す。

「お母様、私、知っているわ。五人目よ」

ふわふわしたスカートをつまみ上げ、上目遣いで答えるのは妹のサリーだった。

無邪気な緑色の瞳が、得意げに母親へ向けられている。とんだ茶番だ。

「まあ、サリーは、どこぞの愚図と違って賢いわねぇ」

チラリとこちらに鋭い視線を送るドリー。言うまでもなく「どこぞの愚図」とは私のこと。

「普通にしていれば、婚約破棄なんてされないはずなのに。アメリーは器量も頭も悪いし、全てにおいてサリーの足下にも及ばない」

「……っ」

理不尽な内容でけなされ、悔しさから唇を噛んだ。口答えをしても話が長引くだけなので、ここは黙っているに限る。

私の婚約者をいつも勝手に決めるのはドリーだ。

彼女は、サリーに好意を寄せている男性ばかりを選んで、私と婚約させる。

ことあるごとに、ドリーは、「前妻の子」である私を、自分の鬱憤《うっぷん》晴らしに利用していた。まるで、亡き母への恨みをぶつけるかのように。

逃げ出したい、けれど逃げられない。だって、私はまだ十二歳だ。

外に出たところで、子供一人が生活する手段なんてなく、路頭に迷うのが目に見えている。

沈黙を貫いていると、この状況に飽きたらしいサリーが、ドリーをなだめにかかった。

「まあまあ、お母様。そんなに責めたら、お姉様が可哀想だわ」

「サリーは優しいわね。こんな低魔力の失敗作を庇《かば》うなんて」

暴言の嵐に耐えつつ、私はドリーの説教から解放されるときを待つのだった。

私には日本人だった前世の記憶が少しだけある。詳しくは覚えていないが、たしか高校生くらいだったと思う。そんな私が生まれ変わり、今現在暮らしているのは森林小国エメランディア。大陸の南端に位置する緑豊かな国だ。

人々は皆魔力を持ち、それを自在に扱うことができる。保有する魔力の総量に個人差はあるものの、血液と同じく、目に見えない力が体内を流れているのだ。

とはいえ、厳密には誰もが魔法を使えるわけではない。

エメランディアで魔法を扱えるのは、魔法学校へ通える特権階級の王侯貴族と、魔法に精通した家庭教師を雇える超富裕層のみ。

普通の平民は私を含め、魔法道具に魔力を流すことはできるが、魔法自体は扱えない。

魔力を持っていても、使い方がわからないのでは宝の持ち腐れだった。「学のない平民が、魔法を暴発させてはいけない」という、お上《かみ》の配慮らしい。

本当に暴発を心配しているなら、基本的な扱い方を最低限国民に示すべきだ。

そうとは知らず、平民が魔法事故を起こす例もあるのだから。

とはいえ、最近では裕福な平民宅で「個人で家庭教師を雇い、魔法の勉強をする」という例も増えつつある。

そして、少し前に、国王から新しいお触れが出た。

内容は、王族や貴族が通う魔法学校に「平民特別枠」が設けられ、「才能溢れる平民」の入学が許可されるというもの。

これにより、国に「将来役に立つ」と目をつけられたり、「指定された難関試験を突破」したりした少数の平民は、魔法学校で学ぶことを許されるのだ。

時代の流れというより、単に魔法使いが不足しているのだと思う。

いずれにせよ、魔力がほとんどない私には無関係の話。

でも、日常生活が不便だとは感じない。魔法道具を使えば、料理はできるし風呂にも入れる。


私の実家――メルヴィーン家は、エメランディア国内で知らぬ者はいないと言われるほど大きな商会を営んでいる。

もとは小さな薬問屋から始まり、徐々に規模を拡大して、今では薬全般を扱う一大勢力となり、国からも支持されていた。

トップは、ライザー・メルヴィーン。厳しく寡黙《かもく》な、私の父だ。

ただ、母を亡くしてから、彼は何を思ったのか、家に愛人とその娘を呼び寄せてしまった。

二年前の今日、自宅の玄関に見知らぬ母子が現れた日のことを私は忘れない。

広いホールにたたずむ、大きな鞄《かばん》を抱えた美女と私と同じ年頃の美少女。さらさらと流れる絹のような、二人の淡い緑色の髪と瞳が印象的だった。

つり目がちな女性は、上気した顔で屋敷内を見回し、少女はそんな母親にぴったりとくっついている。そして、ときおり、父に甘えるような視線を向けた。

あの子、何をしているの……？　お父様も微笑んでいるし、どうなっているの？

彼女たちに接する父の態度は、私に対するより優しく気安く――二人を前にしてざわざわと胸が騒いだのは、本能的に危機を感じ取っていたからかもしれない。

だから、私は父に尋ねたのだ。

「お父様、この方たちは誰？」

馴れ馴れしい二人を庇《かば》うように立つ彼は、驚くべき答えを返した。

「お前の新しい母親のドリーと、妹のサリーだ。今日からこの家で暮らす」

「えっ？」

聞いた瞬間、私は思わず自分の耳を疑った。

母が亡くなって約一年、私は一度たりとも父以外の家族が欲しいなどと口に出していない。

そのような存在は不要だし、他人を家に入れたくない気持ちが強かった。

「アメリーもまだ子供。母親が必要だろう。サリーとは半分血が繋《つな》がっているし、仲良くしなさい」

私は父を二度見した。ちょっと、待って欲しい。

サリーと半分血が繋《つな》がっているのが事実なら、父とドリーは、そういう間柄だったということ。

しかも、サリーと私の年齢は同じくらい。

それはつまり、父が母と結婚し、私が生まれてすぐ、あるいは生まれる前から、二人の間に関係があったということだ。

衝撃の事実を知り、父に嫌悪感を抱いた私は、彼にすり寄るドリーやサリーと、それを受け入れる父にさらなる不安を覚えた。自分への態度と、あまりにも違いすぎる。

父が、私に優しく微笑んでくれた記憶なんてない。彼は私に対して、いつも厳格だったのだ。

メルヴィーン商会の娘に必要な教育なのだと、私はどんな理不尽も甘んじて受け入れた。聞き分けも良く、父の望むように行動してきたつもりだ。

けれど、どんなに努力しても、彼は私を認めてくれなかった。

それなのに……どうして、あの子には優しく接するの？

でも、我が家の絶対君主たる父の決定は、決して覆《くつがえ》らないと知っている。反抗するだけ無駄だ。

私が父に失望している間に、ドリーとサリーはさっさと屋敷へ上がり込んでしまい、今は亡き母の部屋に住み着いた。

翌日から親子四人での生活が始まったけれど、それは予想通り私にとって辛いものだった。

ドリーはあからさまに私を邪魔者扱いし、父は彼女を注意しない。

両親の愛情を一身に受けるサリーは、天真爛漫《てんしんらんまん》な笑みでメルヴィーン家の中心的存在となっていた。

愛くるしい美少女は、家族だけではなく近所の住人や従業員にも大事にされている。

サリーは私に懐かず、従業員の子供や近所の子供と一緒に遊んでいた。不思議と、彼女の周囲には人が集まるのだ。

反対に、私の周りにいた人々は波が引くように減っていった。

無知なサリーはときに残酷で、「お父様は私を世界一可愛いと言ってくれたの」や「従業員の皆は、私が商会を継いだらいいって言ってくれたわ」などと言いふらす。

……私もメルヴィーン家の娘なんですけど。

彼女の悪気ない言葉に私は深く傷ついた。もう、自分が誰からも必要とされていないように感じられた。家族が揃っているはずなのに、孤独は増していく一方だ。

その間にも、サリーの奔放《ほんぽう》な発言はエスカレートしていくが、両親は彼女を放置した。「いいんだ、この子は特別な子だから」と。

徐々にそれが「サリーの持つ希少な能力」に起因するものだとわかってきた。

サリーは他人と比べて、魔力の総量が桁違《けたちが》いに多いのだ。

さらに魔力の質も珍しく、国内では幻と言われる「癒やし」に向いている種類なのだそう。

魔法を使う者は、魔力の質を重要視する。質によって魔法の得意分野が分かれるからだ。

苦手分野の魔法も使えないわけではないけれど、威力は低いし消費する魔力量は増えるので、普通は敢《あ》えて選ばない。

どうして、そんな話を私が知っているかというと、サリーが読んでいた本を盗み見たからだ。

父はサリーを甘やかし、様々なものを買い与えていた。

ちなみに、私の魔力は微々たる量で、ありふれた質。才能がなさすぎるので諦められ、魔法に関する教育は受けていない。

とにかく父曰く、サリーは将来、国を担《にな》う人材になる可能性が高いから、大事に扱えということだった。

父はサリーを使い、国の中枢と、より強固な繋《つな》がりを得たいのかもしれない。

美少女で明るく、特別な才能を持ち愛されて育ったサリーは、日に日に私の居場所を侵食していった。

一年後――父が過労で他界してから、状況はますます悪化する。

ドリーの完全独裁下に置かれた屋敷で、私は部屋を奪われ外へ追い出された。

新しい住み処は庭の隅に建つ物置小屋だ。食事も出されず、本格的なネグレクトが始まった。

物置には冷暖房の役割を果たす魔法道具がないため、夏と冬は輪をかけて厳しい生活になる。特に冬は、地獄の寒さだ。

水は散水用の魔法道具から汲《く》み、トイレは庭師用のものを借りた。

ドリーはとにかく、私が屋敷に入るのを嫌い、許可なく立ち入ることを許さなかったのだ。

栄養失調から、私はだんだん痩《や》せ細っていった。

あまりの扱いに耐えかね、商会の人間や使用人、街の人に助けを求めたことがある。

けれど、皆、父亡きあとの経営者であるドリーの機嫌ばかりを窺《うかが》い、私の訴えを無視した。

気づいたときには手遅れだった。

狡猾《こうかつ》なドリーは、毒を含んだその根を、そこら中に張り巡らせていたのだ。

状況を知っているであろうサリーも、私のためにわざわざ動こうとはしない。いつものことだ。

何かを買って食べることも考えたが、私が所持している現金は少ない。使い切ってしまえば、それで終わりだ。いざというときに備え、なるべく減らしたくない。

仕方なく、叱責《しっせき》覚悟で屋敷の台所に侵入して食べ物を盗み、飢《う》えをしのいだ。

私とは対照的に、ドリーやサリーは、豪奢なドレスを着込むようになり、商会主催や取引先の、ときには貴族のパーティーへ出かけていく。

この頃にはもう、メルヴィーン商会において、私はいないものとして扱われていた。

※

私の運命が変わったのは、澄んだ日差しが物置の窓から差し込む冬の——誰にも祝福されない誕生日の朝だった。

その日、メルヴィーン商会に、国からの使者がやって来たのだ。

もちろん、使者の目的は、私の誕生日を祝うことなどではなく、同い年の妹で才能溢れるサリーに会うことだった。

彼女の類《たぐ》い稀《まれ》な力に興味を持った国王が、王都にある国内最高峰の魔法学校「ヨーカー魔法学園」への入学を打診したのだそう。

かつて父が口にしたとおり、サリーは国の将来を担《にな》う人材だと期待されている。

「そういうわけで、ぜひ、サリー様にヨーカー魔法学園へお越しいただきたいのですが！」

「あらあら！　それは、なんと名誉なことでしょう！　サリー、聞いた？」

玄関の前で高らかに話す使者の声、そしてはしゃぐドリーの声は、物置でうずくまる私の耳にまで届いた。このぶんだと、ご近所にも響いていそうだ。

「まあ、私には関係のないことだけれど……」

無駄な体力を使わないため、日中はじっとしている。それでもお腹は減るのだから、困ったものだ。

特権階級の子女は、十三歳になると本格的に魔法を学ぶため魔法学校へ通い始める。

外国に本部を持つ「ヨーカー魔法学園」は、国中でも魔力、家柄共にトップクラスである一握りの人間しか入学が許されない特別な場所だった。

幼少期から高度な教育を受け、入学時に魔法の基本内容をマスターしているようなエリート向けの学校だ。

いくらお金持ちで多少の影響力を持っていても、メルヴィーン家は地方の平民。

ドリーがサリーに一般教養と魔法の家庭教師を雇っているけれど、その質は王都の貴族たちとは比べものにならない。

使者から説明を受けたドリーは、大喜びでサリーの入学を即決した。

その後、使者たちは屋敷で歓迎され、祝いの席には私も参加させられる。

王都の使者の目を気にしたドリーが、物置から私を無理矢理呼び出したのだ。

豪奢な衣装を身に纏《まと》い、化粧を施したドリーやサリーに対し、いつもの古い服を着たまま、身だしなみを整える暇さえ与えられなかった私。これは酷い……！

この場で明らかに浮いているにもかかわらず、それを指摘する人間はいない。

気まずすぎて、使者に囲まれての食事は味がしなかった。

「それにしても、サリー様の才能は素晴らしい」

「でしょう、でしょう？　自慢の娘ですの！　魔法学校でも活躍すること間違いなしですわ！」

「はっはっは、それは楽しみですな」

使者とドリーは、話に花を咲かせている。しかし、当のサリーは顔を曇《くも》らせており、乗り気ではない様子。ややあって、彼女は迷うように桜色の唇を開いた。

「ごめんなさい。私、王都でやっていく自信がありません。家を出て一人だなんて、寂しいんですもの」

予想外の言葉に、使者もドリーも揃って慌てだす。

「サリー様、大丈夫ですよ。学校で新しいお友達ができます」

「そうよ、サリー。最高峰の魔法学校へ行くチャンスを蹴るものではないわ。普通なら、とっても難しい試験を受けないと入学できないのよ？」

必死に娘を説得するドリーだが、サリーは浮かない表情のままだ。

良い話なのに、何を迷っているのだろう。

サリー一人に、大人たちが振り回されている。

「で、でしたら、ご姉妹で一緒に入学されてはいかがですかな？」

慌てる使者の提案を聞いて、サリーは顔を上げた。

「あなたの姉である、アメリー様も一緒に入学すればいいのです。確か、二人の年齢は同じのはず」

「……そんなことが、できるのですか？」

きょとんと首を傾《かし》げたサリーは、何かを考えるそぶりを見せる。

「平民特別枠をご存じですか？　優れた才能を持ちながら、魔法教育を受けられない平民を救済する制度なのですが」

「ええ、知っています。平民でも魔法教育を許され、高額な学費が免除されるのですよね。でも、魔法学校によって、入学できる人数が決まっていると聞きました。ヨーカー魔法学園は、少なかったはず」

「おっしゃるとおりです。今年の『ヨーカー魔法学園』の平民特別枠は三人。サリー様とアメリー様は、その特別枠で入学すれば良いのです。本来であれば、サリー様のみの入学となるところですが、特別措置として姉君の入学も許可しましょう。サリー様は、未来のエメランディアに必要な方ですからな」

胸を張る使者の言葉に、目を輝かせるサリー。

しかし、ドリーは不機嫌なオーラを出している。それはそうだろう。

彼女は私が魔法学園に入学することが、面白くないはずだ。

「お言葉ですが、使者様、アメリーに魔法の才能はありませんわ。普通以下の魔力しか持たず、魔法知識もゼロ。こんな子が魔法学校へ行くなんて許されません」

継母の言うことはもっともで、私も彼女の意見に心の中で同意した。

全く魔法の才能がないのは事実。無理をして入学しても、授業についていけない。

「その上、アメリーは、性根が卑《いや》しく素行も悪い子で。恥ずかしくて、とても外へ出せませんわ。今日だって、使者の方が来るというのに、このような格好で……」

無理矢理連れてきたくせに、ドリーはめちゃくちゃなことを言う。

薄汚れた古い服しか持っていないが、私だって時間があれば着替えたかったし、髪も整えたかった。

「しかしですね、ドリー様。サリー様の才能は貴重なものなのです。何に代えても入学していただかなければ、我々が国王陛下からお叱《しか》りを受けてしまいます」

だから、才能がなく素行の悪い姉の裏口入学くらい問題ないと言いたいらしい。

誰も私の意見を聞いてくれない。辛い……

そもそも、私は魔法学校になんて行きたくないのだ。

他の生徒の入学枠を奪って学校に入っても、魔法が使えず肩身の狭い思いをするのは私だし、そのせいで実力を持ちながら入学できない生徒が出てしまう。

ズルをしての裏口入学、駄目絶対！

けれど、サリーは急に嬉しそうな表情を浮かべ始めた。

「まあ、お姉様が一緒なら、心強いですわ！」

なんで？　どうしてそうなるの？　何が目的なの!?

サリーと私は仲の良い姉妹ではないし、私が行ったところで寂しさは紛《まぎ》れないと思う。

むしろ、お荷物が増えて困るのではないだろうか。

しかし、彼女の言葉を聞いた使者は、私の意見を尋ねることなく喜びの声を上げる。

「ありがとうございます、サリー様！　ご決断いただき、嬉しい限りです！」

それから、まるで汚いものを見るかのように私を一瞥《いちべつ》した。

……実際に今の私は、浮浪児そのものの格好だけれどね。

「とはいえ、才能も持たず努力もしない人間には、退学処分が待っております。アメリー様には、頑張っていただかねばなりませんな」

そんなことを言われても、どうしようもない。

頑張ったところで、ヨーカー魔法学園に通う優秀な生徒に追いつくなんて無理だ。

青くなる私と同時に、使者の言葉を聞いたドリーの表情にも変化が表れる。真っ赤な唇が、何かを企《たくら》むように、ゆっくりと弧を描いた。続いて、ドリーは猫なで声で話し始める。

「まあ、さすが使者様ですわ。学校で正当に評価をしていただけるのなら、問題ありませんわよねえ。アメリーの腐りきった性格も、治るかもしれません」

どう考えても、問題大ありだ。

退学の話が出た途端、ドリーの機嫌が良くなったのも怖い。絶対に、良からぬことを考えている！

「ふふふ、アメリー、真面目に学生生活を送るのよ？　何が起こっても、家に出戻ったりしないでちょうだいね。今でも問題児なのに、ご厚意で入学させていただいた学校まで退学になったら……いくら私でも手に負えない。メルヴィーン家に置いておけないわ」

いろいろ言っているけれど、要は「二度と家に戻ってくるな」ということである。

……これを機に私を追い出すつもりだな。

裏口入学の末に退学処分を受けたら私は、その後、どうやって生きていけばいいのだろうか。

学校にも家にも戻れないとなると、野垂れ死ぬ未来しか思い浮かばない。

このままではまずい。何がなんでも入学を阻止しなければと、私は使者に向き合った。

「申し訳ありませんが、私は入学を辞退します。私の魔力は低いですし、魔法に関する教育も受けておりません」

誰が考えても、私は国内最高峰と謳《うた》われるヨーカー魔法学園に相応《ふさわ》しくない。

けれど、周囲の人々は私の発言に眉を顰《ひそ》めた。特に顕著なのがドリーだ。

「お黙りなさい、アメリー!!　使者の方に意見するなんて、どこまで身の程知らずなの!?　お前の意見なんて、誰も聞いていないのよ！」

「でも、私は……」

「一体、何が不満なの？　なんの取り柄もない愚図が、一瞬でもヨーカー魔法学園に通えるだけでも、ありがたいと思いなさいよ！」

私の退学は、継母の中で決定事項のようだ。隣にいたドリーが、怒鳴るついでに私を押したため、椅子ごと床に倒れてしまう。私は固い木の床板に強く体を打ち付けた。

「……っ！」

私を見下ろしたドリーは、赤い唇をゆがめて嗤《わら》う。新たな嫌がらせを楽しんでいるようだった。

こんな状況だというのに、にこにこ微笑みながら椅子に座っているサリーは、何を考えているのか読めない。

わかっていたことだけれど、誰も私を助けなかった。

立ち上がって、倒れた椅子を起こしていると、使者が私に話しかける。

「こんな好待遇を断るなんて、変わった方ですね。サリー様のおかげで、あなたのような末端の凡人が、一生目にすることのない場所へ行けるのです。それを拒否するなんて、妹君が可愛くないのですかな？」

話している内容が、ことごとく失礼だ。

使者に同調したドリーも、一緒になって私を責め続ける。

「そのとおりよ！　それとも、サリーに嫉妬しているのかしら？　あなたは、何もかも、サリーより劣《おと》っているものね！」

ドリーの言葉を聞いたサリーは、涙ぐみ始めた。

「私、私、お姉様と一緒に魔法学園へ行きたいだけなのに。お姉様と仲良くしたかったのに」

え、私が悪者なの⁉

一体、どの口がそんなことを言うのか。

サリーは私がドリーに虐《しいた》げられていても、周囲から酷い扱いを受けていても、一度もそれを気に留めなかった。

笑顔で、なぜ私が物置に居を移したのかさえ気にせず、スルーし続けてきたのだ。

半分血の繋《つな》がった姉のことなど、欠片も興味がなかったのだろう。いっそ、清々《すがすが》しいほどに。

私が空腹で苦しみ、サリーに助けを求めたとき、彼女は「そんなはずないわ」と首を傾《かし》げるばかりで食べ物を恵んですらくれなかった。

「とにかく、国のためには、一個人のくだらない嫉妬など考慮できない。あなたには、サリー様と一緒に学園へ通ってもらう！」

使者の一声で、私の魔法学園行きが決定した――裏口入学だ。

覆《くつがえ》す術《すべ》などない。発言力のない私が、いくら拒否したところで無視される。

――春になったら、強制的に王都行き。

その日のことを考えるだけで憂鬱《ゆううつ》だった。

もちろん、ドリーは「私が学園へ行くための家庭教師」などつけないし、入学しても実力不足で浮くこと間違いなしだ。

サリーの授業にも、一緒に参加させてもらえない。

一度侵入しようとしたが、あえなく見つかりドリーに家からたたき出された。

継母は、意地でも私を退学処分にしたいらしい。

自力で教師を探そうにも、私には伝手も、自由に使えるお金もない。近所に魔法使いもいないないづくしだ。

地方で魔法を学ぶには、限界がある。

とりあえず、用済みになって捨てられたサリーのノートなどを物置に持ち帰り、独学で魔法を出すことに専念する。出る気配すらないけれど。

私の魔法学園行きの前には、大きすぎる暗雲がたれ込めているのだった。

※

冬が過ぎ春が来て、とうとう私とサリーの入学時期が訪れてしまった。

あれから、なんの対策もできないまま、私は王都行きの馬車に揺られている。

地方には、移動に便利な魔法道具が普及していないので、馬車に乗ることが多い。

向かいに座るはずだったサリーは、御者の少年と仲良くなったらしく、なぜか御者台から戻ってこない。あれだけ「寂しい」と口にしていた割に、私を放置している。やはり、あれは方便だったのだ。特に話題もないからいいのだけれど、なんかこう……モヤモヤしてしまう。

私が住む地方都市グロッタは、周囲を岩山に囲まれた大きめの街だ。魔法道具作りに必要な原材料を加工するなど、製造業が盛んである。

王都までは、二日の距離。馬車のままだと遠いけれど、グロッタから一番近い地方都市レルクに、王都の学園へ飛ぶ魔法陣があるらしい。

父が生きている間はろくに家から出されず、亡くなってからは物置生活を続けていた私は、グロッタ以外の街を知らない。窓の外に広がる景色は初めてのものだった。

岩山を越え、小さな森沿いの街道を通り、手配された宿に一泊する。

サリーは広くて綺麗な部屋、私はボロくて安そうな部屋だった。

待遇の差は慣れているから構わない。物置とは違い、ベッドが置いてあるだけで万々歳だ。

特に問題が起こることなく、翌日に一行はレルクの街へたどり着いた。

「レルクは、湖の畔《ほとり》にある大きな街です。グロッタで加工された原材料を使い、魔法道具のパーツを作っているのですよ。近頃は外国から製品を買い付けに来る客もおります」

使者がサリーに説明している。

彼女の周りは、使者や御者や、物珍しさに集まってきた街の人々で溢れていた。

「見て、あれが噂のメルヴィーン商会の娘よ。国王陛下が直々に『ヨーカー魔法学園へ入学するように』と使者を派遣されたのですって」

「新聞に書かれていたとおりだわ。美人な上に、類《たぐ》い稀《まれ》な才能の持ち主だなんて。すごいわよねえ。もう一人の子は……使用人かしら？」

サリーの噂はレルクでも広まっており、街の人々はサリーを歓迎した。

対する私は一人でぽつんと放置。慣れているから平気だ。

この旅の唯一良いところは、使者からお小遣いがもらえること。

屋敷では自由に使えるお金がなく、物置にある品を勝手に街で売り、僅《わず》かな小遣いを稼いでいた。

商会の娘らしくないからか、すんなりと換金できたけれど、ドリーにばれないかといつもヒヤヒヤしていたっけ。

「ああ、お肉を食べたの、久しぶり」

露店で販売されている串刺し肉を頬張りながら、私は一人で人生初の観光を楽しんだ。

観光地というわけではないが、グロッタとは異なる雰囲気で面白い。

残りの小遣いは、もしものときのためにとっておく。

いつものことだが、ドリーは私に一切の旅費および生活費をくれない。

学費は免除されるが、制服や授業で使う道具などは、全部自分で買わなければならないはずだ。

食費を削り、家を出る日を夢見て物置にため込んでいた全財産と小遣いだけで足りるかどうか……不安で仕方がなかった。

二　魔法学園入学と運命の出会い

レルクの街を観光したあと、私たちは湖沿いにある円筒状の建物へ入った。

ヨーカー魔法学園が所持する建物の一つで、中央に転移の魔法陣が設置されている。ここから、魔法学園へ行くことができるのだ。

塔の中は広く静かで、話し声がよく通る。

「それでは、順番に魔法陣の方へ」

使者に言われるまま靴音の響く固い床を進み、紫の光を放つ陣へ足を踏み入れる。

すると、まばゆい光に全身が包まれ、一瞬あとには見知らぬ場所に移動していた。

「ここが、ヨーカー魔法学園？」

目の前には、先ほどの建物より、さらに広く大きな空間が広がっている。

ガラスの天井から光が降り注ぎ明るい。壁には蔦《つた》が這《は》い、床には木が植えられている。変な場所だ……。

静謐《せいひつ》な空気に包まれた部屋の中で立っていると、ピピピ、チチチと小鳥の鳴く声がした。

「さあ、サリー様。到着しましたよ！　ヨーカー魔法学園の内部です。ひとまず、ここの代表に挨拶をしましょう」

「ふぅん？　わかったわ」

時刻は昼過ぎ――

使者に案内された私たちは、学園の責任者――分校長に会いに行く。

ヨーカー魔法学園は他国に本部を置く特殊な魔法学校で、エメランディアにあるのは分校だ。

本校が置かれている国は魔法大国ガーネットと呼ばれ、エメランディアとは比べものにならない

ほど、魔法が発展しているらしい。

ヨーカー魔法学園本校の責任者は「本校長」、世界各国にある分校の責任者は「分校長」と呼ばれている。その上にいるのが、全てをまとめる「学園長」だ。

一同は廊下を進み、「分校長室」と、プレートのかかった銀の扉を開く。

部屋の奥、中央の椅子に分校長は座っていた。ふくよかな中年女性だ。

椅子に座った分校長は、いかにもな教育者というよりは、お金持ちのマダムのような見た目。

チェーンつきで目尻側が尖《とが》った銀縁眼鏡に、たくさんの石がついた指輪。ひっつめにしてシニヨンに結った茶色の髪が特徴的で、ぽっちゃりした体には、魔法使いらしい薄紫色のマントを羽織っている。

そして、部屋の中には、分校長以外の人間も待機していた。

私とサリー以外の平民特別枠の生徒だ。

青色の髪を立てて黒いバンダナを鉢巻き風に巻いた、なかなかロックな出で立ちの少年である。

難関試験を通り抜けた平民生徒なら、私とは違い、とても優秀に違いない。

前に進み出た使者が、私やサリーを分校長に紹介する。

「分校長、彼女が例の類《たぐ》い稀《まれ》なる魔力と、『癒やし』の才能を持つ少女、サリー・メルヴィーン様です」

「あらまあ、二人いるけれど……どちらが？」

「緑髪の方がサリー様で、黒髪の方はその姉に当たります。今回、サリー様が『一人では心細い』

と言われましたので、特別枠を使って彼女の入学を許可しました」

使者が説明した途端、隣からビシバシと鋭い視線が飛んできた。

見ると、バンダナ少年が私に睨《にら》みをきかせている。彼からは明確な敵意が感じられた。

……そりゃあ、面白くないよね。

実力もないのに妹に便乗して裏口入学だなんて、恨まれても仕方がない。

平民特別枠は、魔法の潜在的な才能やある程度の教養がないと得られないのだ。

それだって、他の子供との枠の奪い合い。

早くも罪悪感でキリキリと胃が痛くなってきた。

でも、私だって生活がかかっている。

魔法学園への裏口入学が正式に決定したあと、冷静になって考えた。

家の物置で、ドリーと二人の暮らしで、果たして生きていくことが可能なのだろうかと。

物置生活は、一年程度だからなんとかなった。でも、この先は……？

身の回りに、売れるものはなくなった。

厨房の監視が厳しくなり、食べ物を持ち出しにくくなった。

結婚に逃げる方法も模索したけれど、継母が私に良い縁談を持ってくるなんてあり得ない。嫌がらせ以外は期待できない。結婚して実家を出て、幸せに暮らすのは不可能だ。

この一年で嫌というほど学んだ。

私が大人になるまで過ごすのに、衣食住が整った魔法学園は格好の場所……

たとえ、全く歓迎されていなくても。ここでなら、生きていける。

自身に言い聞かせていると、分校長が愛想のいい声を上げた。

「ようこそ、サリー・メルヴィーン。あなたを待っていたわ」

椅子から立ち上がった分校長は朗《ほが》らかな笑みを浮かべ、サリーに近寄り彼女をハグする。

私ともう一人は置いてけぼりだ。

「あなたたち二人は、行っていいわよ。授業に必要なものは、今から渡す紙に書いてあるわ。入学式は明日だから、今日は客室に泊まってちょうだい。平民特別枠以外の生徒は、王都に宿を取っているか、自宅から来るから明日会えるわ」

分校長がポンポンと二回手を叩くと、二匹の大きな猫が現れた。

普通の猫の三倍はある茶色と灰色の猫で、口にはそれぞれ手紙をくわえている。

茶色猫がバンダナ少年に、灰色猫が私に近づいてきた。

「ミャーン！」

足下に手紙をポトリと落とした猫たちは、ついて来いと言わんばかりに歩きだす。

手紙を拾った私は、慌てて灰色猫のあとを追った。

二匹の行き先は途中まで同じのようで、少年と並んで歩くのが気まずい。

もらった手紙を読みながら進むことにした。

壁に取り付けられている魔法道具のランプが、ぼんやりと廊下を照らしている。

ランプだけではない。この学園、魔法道具だらけだ。

勝手に文字を表示する案内板や、持ち手がいないのに掃除をする箒《ほうき》。

魔法を使える人間でも、日常生活では魔法道具に頼ることが多いようだ。魔法が使えなくても大丈夫な仕様だと安堵する。

なんせ、私の魔力は少ないし性質も平凡だ。授業を受けたところで、できることは限られる。

なるべく考えないようにしていたけれど、将来だって不安だらけだ。

魔力や才能重視の戦闘職には就けないだろうし、細かい魔法制御や上質の魔力が必要とされる医療職も無理。

エメランディアの魔法使いが就く医療職は、サリーの得意とする「癒やし」の魔法を使えない。

その代わり「切断」や「縫合」の魔法を使っての手術や、「魔法薬」で回復力を高める治療を行う。

頭も良くないとなれない専門職だ。

魔法道具職人は代々続く家業という場合が多く、よそ者は入りにくい業界らしい。

全部、使者の人が言っていた。

他にも様々な職種があるだろうが、魔法ド素人で世間に疎《うと》い私には想像がつかない。

もらった手紙に目を通していると、さっそく見慣れない言葉が目に飛び込んできた。


〈入学までに、揃えるもの〉
・魔法学園指定：制服
・魔法学園指定：鞄《かばん》

・魔法学園指定：浮遊靴
・魔法学園指定：教科書セット
・魔法式羽ペン：自動筆記型
・魔法紙ノート：魔法防御つき
・魔法媒体（任意）
・魔法鍋（任意）
・使い魔（任意）
・ボード

任意のものは省くとして、授業開始までに必要なのは、学園指定の諸々に特殊な文房具類。

そして、ボードだけれど……ボードとはなんのことだろう？

説明はどこにも書かれていないし、想像もつかない。

私はチラリと隣を見た。相変わらず仏頂面《ぶっちょうづら》の少年が黙々と歩いている。

勇気を出して、声をかけてみよう。深呼吸をした私はバンダナ少年へ近づき、話しかけた。

「こんにちは。私、アメリーというの。よろしくね」

「……ふん」

挨拶の返事が「ふん」とは斬新だ。けれど、この程度で引いてなるものか。

気を取り直し、会話を続ける。

「ところで、手紙に書かれてあるボードって何か知ってる？」

質問に対して、彼はあからさまに顔を顰《しか》めた。

「そんなことも知らないで入学したのか。信じられない。それで、よく魔法学園に行こうと思ったな。俺のように平民特別枠を狙う奴らは、情報や知識がない中でも自分なりに必死に学園や王都の魔法について調べているのに」

彼の目が鋭く私を見据える。

「今年は平民特別枠が二つも潰れた。サリー・メルヴィーンの方はまだわかる。国に必要とされる特別な才能の持ち主なんだろ。でも、お前はなんなんだ？　身内のコネを利用して枠を潰して一人の平民の可能性を消した。実力もやる気もないくせに、不正に便乗入学をして恥ずかしくないのか？」

「……それは」

予想はしていたけれど、周りの目に私は、ただの「不正裏口入学者」だと映っている。

悲しいけれど、事実だ。

サリーへの使者が来るまで、私は魔法に全く興味がなかった。もともと才能がないこともあり、自分には一生縁のない世界だと思っていたのだ。

本当に、バンダナ少年の言うとおり。

けれど、ここで辞退はできない。私にはもう、ここ以外に居場所がないのだから。

あの家には戻れない。自立しようにも、私はまだ十三歳。いくら王都とはいえ、子供に就けるまっとうな職はそうないはずだ。

私が生活していくためには、学園の世話になるのが一番いい。

ここで少しでも手に職をつければ、仕事を得られる可能性が増える。

文句を言われようと、蔑《さげす》まれようと、ここで魔法を学ぶしか私に生きる道はない。

……今はそれくらいしか思いつかない。

自分の命が惜しい私は、何があっても魔法学園にしがみつこうと覚悟を決めた。

バンダナ少年は、私を無視してスタスタと先に歩いていってしまう。とりあえず、めちゃくちゃ嫌われているということがはっきりした。

落ち込んでいると、灰色の猫が早くしろと言わんばかりに「ミャーン」と鳴く。

「あっ、ごめんね。今行くね」

ボードについて尋ねるのは一旦諦め、私は大人しく猫についていくことにした。

複雑に入り組んだ廊下を進み、こぢんまりとした庭を優雅に横切る猫。

見失わないよう、早足で追いかけた。

「ま、待って……」

渡り廊下の白い柱は蔓《つる》植物の葉に覆われており、ところどころ赤い花が咲いている。

地面は歩きやすいよう、石畳で舗装《ほそう》されていて、黄金の実がなる不思議な植物が植えられていた。

芝生に覆われた庭の隅にはベンチが置かれ、細い水路に澄んだ水が流れている。

渡り廊下の先には横長の建物があり、壁面に木製の扉がたくさん並んでいた。

そのうちの一つの前で、灰色猫が足を止める。

猫は、扉の横にあるクリーム色の板を見上げて鳴いた。

「ミャー！」

「え、板がどうかした？」

不思議に思いながら触ってみると、板が白い光を放つ。

続いてガチャッと音が鳴り、勝手に扉が開いた。魔法なのだろう……

とりあえず部屋の中に入り、ベッドの隅に腰掛ける。

「ふぅ。やっと、落ち着ける」

持ってきた荷物は、驚くほど少ない。というより、私の持ち物自体がほとんどないのである。

着古した長袖の服が二着と、小物類。

必要最低限の生活用品は、使者に渡されたお小遣いで、道中に購入した。

次は、もらった手紙に書かれていたものを揃えなければならない。

少ないけれど、自分でも、こつこつお金を貯めてきて良かった。暗くなるまで時間はあるし、入学式までに買っておこう。そこまで考え、私は重大なことに気づいた。

「でも……これって、どこに売っているんだろう？　学校の外かな？」

手紙を読みながらうなっていると、再び猫が「ミャー！」と鳴く。

先ほどと同じで、またついて来いと言っているようだ。

外へ出ると、猫がてくてくと先導してくれる。

「今度は、どこへ行くの？」

尻尾をピンと立て、来たときとは違う道を進んでいく猫。

くねくねとした銀の蔦《つた》が這《は》う小道を抜け、ひときわ大きな白い建物の前へ出る。

中に足を踏み入れ、タイルの貼られたホールを進むと、正面に「購買」と書かれた木の札があった。

「ここで買えってこと？」

「ミャーン！」

「ありがとう、人の言葉がわかるなんてすごいね。ヨーカー魔法学園の猫は、皆そうなのかな？」

「ミャー！」

猫は「早く行け」と言うように、タシッと尻尾を床へたたきつける。

くすっと笑った私は、小さく頷き、店の中へ入った。

購買の机には文房具や魔法道具が、棚には薬の材料や謎の石などが置かれている。

奥の壁には、楕円形《だえんけい》に加工された木の板が立てかけられていた。

学校指定の教科書と文房具を手にした私は、店の奥にいる女性を呼ぶ。恰幅《かっぷく》の良い、紫髪の中年女性だ。

「あの、すみません」

ゆっくり振り返った女性は、私を見て優しい表情を浮かべる。

こんな風に、他人に受け入れられたのは久しぶりだ。

「新入生の子？　初々《ういうい》しいねえ」

「この手紙に書かれてあるものを買いに来たのですが」

緊張しながら尋ねると、女性は身を乗り出し文字を確認した。

「どれどれ。教科書や文房具は今持っているもので大丈夫だよ。ボードは街でも売っているけれど、購買で買うのかい？」

「ええと、ボードについて、お伺いしたいのですが……私、魔法に疎《うと》くて、ボードがなんなのかわからなくて」

バンダナ少年の言葉が頭をよぎり、情けなくて声が震える。こんなことすらわからない私は、本当に平民特別枠に相応《ふさわ》しくない人間だ。

けれど、女性は笑顔を崩さなかった。

「そうだったのかい、心配しなくて大丈夫。ボードというのは『飛行ボード』の略で、壁に立てかけているあの板のことさ。授業で空を飛ぶのに使うんだよ」

「あの板は、空を飛ぶ魔法道具なのですか？」

「いいや、板自体に飛ぶ仕掛けはない。魔法道具ではなく魔法媒体なのさ。飛行の魔法を補助する板と言えばいいのかね。魔法で自分の体を浮かせるよりも、物体を操縦してその上に乗る方が安定して飛行できるんだ。国によって媒体に使う道具は違うけれど、エメランディアでは木でできたボードが主流」

私は壁際に移動して木の板を確認した。

デザインはいろいろで、板が反っているものや平面なもの、模様の描いてあるものなど、合計十枚ほどのボードが置かれている。長さや幅も違うようだ。

「足を前後に開いた状態より、少し長いくらいがいいよ。購買の商品は標準的なボードで種類も少ないから、生徒たちの多くは王都の飛行ボード専門店で買ってくる。自分ちで職人を雇って特注ボードをオーダーメイドする子もいるけれど……」

さすが国一番の魔法学校。お金持ちの割合が大きいのだろう。

購買に置いてあるボードは一番安い品でも二万メリィもする。

メリィというのはこの国の通貨で、一般庶民の月給が十五万メリィほどと言えば、どれほど高額かわかるだろうか。

ちなみに、私が使者からもらったお小遣いは合計五万メリィ。

教科書や文房具を買ったら、残り二万八千メリィ。制服代も必要だった。

サリーはドリーに用意してもらったようだけれど、私は買ってもらえなかった。嫌がらせの延長だ。

入学式までに自分で制服を揃えなければならない。制服は購買にも売られているが、その金額を見て私は目を剥《む》いた。

上着だけで五万メリィ！

とうてい払えない金額だ。お金持ち学校はこれだから困る……。

今から節約しても、どうにもならない。入学する前に終了のお知らせだ。一瞬で決意を打ち砕かれた。青い顔になった私に気づいた購買の女性が、心配そうに声をかけてくれる。

「あんた、どうしたんだい？　大丈夫かい？」

私は、無理矢理笑みを浮かべて言葉を返した。

「はい、大丈夫です。ボードって、結構高価なんですね」

「まあね、それなりの値段はするよ。もしかして、お金が足りないのかい？」

「……実は」

私は、自分の懐《ふところ》事情や制服のことなどを女性に相談した。

彼女が話しやすそうな空気を出しながら尋ねてきたので、つい答えてしまったのだ。

私の話を聞いた女性は、一緒になって悩んでくれている。

「なるほど、そうだったのかい。特別な才能を持った妹さんについて、平民枠でね」

「やっぱり、私はここに来るべきじゃなかったんです。身の程がわかりましたし、街に降りて仕事を探してみます。十三歳でも王都なら働き口があるかもしれないし。話を聞いてくださり、ありがとうございました」

きびすを返して去ろうとすると、女性が「ちょいと待った！」と引き止めてきた。

驚いて振り返ると、彼女は店の奥から埃《ほこり》をかぶった箱を持ってくる。

「あんたの事情は理解できたよ。これを持っていきな」

埃《ほこり》まみれの箱を開けると、中から古びたボードが顔を出した。

「うちの息子が使っていたものさ。中古だし小さめのサイズだけれど、あんたなら大丈夫だろう」

「いいんですか？」

「どうせ、誰も使わないからね。埃《ほこり》をかぶっているよりも、お嬢ちゃんに使ってもらえる方がいいよ。それから……制服はこっち」

再び店の奥に行った女性は、今度は袋を抱えてきた。

「こっちは卒業生が寄付してくれた制服だ。毎年制服を買えない生徒に貸し出しているんだよ」

「そんな仕組みがあったなんて、知りませんでした」

「あんた、何も説明されていないみたいだね。メルヴィーン商会のお嬢さんだから、省略されたのかもしれないけれど」

女性に言われ、私はとっさに顔を伏せた。

金持ちの家の娘なのに、たかっていると思われただろうか。嫌な記憶が頭の中を駆け巡る。

メルヴィーン商会の――国内でも有数のお金持ちの娘が、制服を買えないなんて嘘だと思うよね。

過去に、屋敷の人間やグロッタの街の人に自分の惨状を訴えたとき、彼らにも「冗談でしょう？」と、嗤《わら》われた。恥ずかしくて顔を上げられずにいると、肉付きの良い手が私の指を包む。

「夕飯はうちで食べていきな。学園の食堂の余り物で作るまかない食だけど」

「えっ？」

「お嬢ちゃん、あんたは痩《や》せすぎだ。それに、言っちゃ悪いけど、身なりだってメルヴィーン商会の子には見えないよ」

薄汚れてすり切れた、丈の足りない服に、くたびれてドロドロに汚れた靴。

冷静に考えれば、彼女の言うとおりだ。

「子供が遠慮するんじゃない。その代わり、絶対に学園を辞めるんじゃないよ？　最初は辛いだろうが、この学園を卒業すれば仕事には困らないからね。どんな経緯だろうと、チャンスはチャンス。諦めなければ、必ず道は開けるはずだ」

女性の言葉に、私は胸が熱くなった。

「……ありがとう、ございます」

こうして、私は食事をごちそうしてもらうことになった。

購買の閉店時間ギリギリだったようで、女性は手早く店じまいをする。私も少し手伝った。

「食堂へ移動するよ。荷物はあとで、部屋へ届けるからね」

女性に手を引かれるまま、私は廊下を歩いていく。

目的地は、校舎の中にある食堂だ。

従業員入り口から中へ入り、厨房の隅に置かれたテーブルでまかないご飯をもらう。

余った食材で作った、温かい野菜スープは、おいしい……

一緒についてきた灰色猫は、蒸した鶏肉を食べていた。

「自己紹介がまだだったね。私は、マンダリン・アームズというんだ」

「アメリー・メルヴィーンです。あの、いろいろありがとうございました」

購買部の責任者であるマンダリンさんは、食堂の管理も任されているのだそう。

学園の外にも自分の店を持っており、手広く商売をやっているようだ。

食堂内には、ちらほらと生徒の姿も見える。彼らは、私のいる従業員スペースではなく、本来の学生の食卓に座り、それぞれ食事を楽しんでいた。

学園には、校舎内にあるこの食堂の他に、校庭の横に建てられたカフェ風の食堂、そして各寮に専用の食堂が設置されているらしい。場所によって、メニューが異なるそうだ。

ただ、学園の食堂は安価だけれど、無料ではない。

毎日支払っていれば、それなりの出費になる。

今後の支出について悩んでいると、マンダリンさんが「心配ないよ」と説明してくれた。

「ヨーカー魔法学園の学生課では、苦学生のためのアルバイトを紹介しているんだ。平民の生徒はもちろん、社会経験を積みたい貴族の生徒も訪れているよ」

「十三歳でも働けますか？」

「大丈夫。複雑な仕事は紹介されないだろうけれど、『冒険者ギルド』の雑用や、『魔法農園』の手伝いなんかは、入学したての生徒でもできるはずだ」

この国には、冒険者ギルドと呼ばれる組織が存在する。

私の住むグロッタの街にはなかったが、王都やいくつかの地方都市にあると聞いた。

そこでは、依頼者から持ち込まれた仕事を請《う》け負《お》い、それを働き手に紹介するなど、仕事の斡旋《あっせん》をしている。

また、魔法薬や魔法道具、その原材料を買い取り、適正価格で販売もしていた。

おそらく、ギルドで請《う》け負《お》う仕事というのは、薬草採取や魔物退治ではないかと思う。

緑豊かなこの国には、珍しい薬草が多いが魔物も多い。

魔物には人に懐く種類もいるけれど、襲ってくる種類も存在する。

そういった、人間に危害を加える魔物を討伐するのは、冒険者ギルドの仕事を受けて生計を立てている者たちだった。彼らは「冒険者」と呼ばれている。

冒険者には魔法を使えなくても、腕っ節が強ければなることができた。

とはいえ荒事に慣れていなくても、薬草や素材の採取で稼いでいる人もいる。

ただ、危険な魔物討伐や、珍しい薬草や素材の採取ほど報酬《ほうしゅう》が高い。

「……でも、魔物は怖いな」

悩んでいると、マンダリンさんが呆れた表情を浮かべた。

「何を言っているんだい。魔物討伐なんて危険な仕事は、入学したての新入生に来ないよ」

「本当ですか？」

それなら、なんとか働けるかもしれない。暗い絶望の中に希望の光が見えた気がした。

「入学してからも、あんたは苦労が多いだろう。でもね、コネでもなんでも魔法学校へ通えるのはいいことだよ。困ったことがあれば、私に会いにおいで」

「何から何まで、ありがとうございます」

マンダリンさんにお礼を言った私は、灰色猫に案内されて再び部屋に戻った。

扉の前に購買で買った品が置かれている。誰かが運んでくれたようだ。

「猫さん、あなたもありがとうね」

「ミャーン！」

ご飯を食べて満足したらしい猫は、機嫌良さそうに尻尾を立てて部屋を出ていく。

そして、生け垣の中へ消えていった。

私も疲れたので、部屋に備え付けてあるシャワーを浴びてベッドに横になる。

久々の柔らかいベッドは心地よく、私はすぐに夢の世界へ飛び立った。


朝——スッキリ目覚めた私は、入学式に向けて身支度を整える。

マンダリンさんからもらった制服は数種類あった。

白と黒のブラウスが一枚ずつ、黒無地と白黒チェックのスカートが一枚ずつ、指定のタイツや靴下、浮遊靴と呼ばれるブーツやローファーなどだ。

同封されていた手紙によると、組み合わせは自由でいいとのこと。

それから、黒無地の上着に魔法使いらしいマント。黒のとんがり帽子。

見事なまでのモノトーンだけれど、これには理由があった。

ヨーカー魔法学園には五つの寮があり、寮が決まってから、そこに所属寮のカラーの小物をつけるのだ。帽子にはリボンが巻かれ、胸元にもリボンやネクタイがつけられる。

とりあえず、白いブラウスと無地のセットを選んでおこう……

なんとか着替え終えた私は、早めに部屋を出て入学式の会場へ向かうことにする。

扉を開けると、昨日の灰色猫がいた。

「おはよう、来てくれたの？」

「ミャーン！」

灰色猫は私にすり寄って挨拶する。懐いてくれているようで嬉しい。

私は猫の案内で、入学式が行われる講堂へ移動した。

目的地に着くと、猫は用が済んだとばかりに花壇の中へ消えていく。学園内を自由に散歩しているみたいだ。

講堂には、早くも大勢の生徒が集まっていた。

知り合い同士も多いようで、グループで固まり賑やかに談笑する生徒もいる。

様子を窺《うかが》っていると、見覚えのある緑髪が視界に入った。サリーだ。

彼女は同級生に囲まれ、楽しそうに会話している。一緒にいるのは貴族の子供だろう。

一瞬、サリーと目が合う。

しかし、次の瞬間、何事もなかったように視線を逸らされた。

……一人で魔法学校に行くのが不安で、私を巻き込んだんじゃないの？

一緒に来て欲しいと口にした、その舌の根も乾かぬうちに、サリーは私を放置して学園ライフをエンジョイしている様子。

妹の行動を見て複雑な気持ちになるけれど、よく考えるといつものことだった。行きの馬車でもこんな感じだったし。上手く周囲となじめた今、不出来な姉は用済みなのだろう。

講堂の中を進むと、ひそひそと話す声が聞こえてきた。

「おい、あれが平民枠で裏口入学した奴だろ？」

「呼ばれたのは、優秀な妹だけなのに。姉だからって強引に押しかけてきたらしいぜ。メルヴィーン商会の娘だ。金にものを言わせて枠を買い取ったに違いない」

「そんな不正がまかり通るのか⁉」

「ふん、実力もないのに残れるほど、この学園は甘くない。すぐいなくなるさ」

不穏な会話は、ギリギリ私に聞こえる声の大きさでされている。わざとだろう。

「妹は美人なのに、姉はそうでもないんだな。背も低いし貧相な体つきだ」

「実力も容姿も劣《おと》るって……ウケる。どうせ、プライドだけは高いんでしょ？」

「不正入学したくせに、よく堂々と入学式に顔を出せるものだな」

散々な言われようだ。同じ制服に身を包んでいても、にじみ出るものがあるらしい。

マンダリンさんが「苦労が多い」と言っていたのは、こういうことだったんだ……

彼女と約束したものの、早くも自信がなくなってくる。

離れていても、サリーの甲高い声が聞こえた。

「ええっ！　私、可愛いですかぁ⁉　全然ですよぉ！」

ため息を吐きながら、私は適当な席へ向かう。座席は指定されていないのだ。

荘厳な入学式はつつがなく行われた。

今年入学した生徒は他国からの留学生も含めて、二十人。クラスも決定されているという。

分校長が挨拶を終えると、各クラスへの移動が始まった。と言っても、一年目は二クラスしかない。まだ専門が決まっていないので、全員が基本的な魔法の授業を受けるのだ。

一年生のクラスは、AクラスとBクラス。

ただし、各クラスの人数は、十人ずつという単純な分け方ではない。

見込みがありそうな生徒はAクラス、基本にすら到達できていない者はBクラスという決め方だ。

幼少の頃から家庭教師に魔法の基礎を教えてもらっている貴族の子供と、私のような魔法ド素人が一緒のクラスでは、授業が進まないというのはわかる。

サリーはAクラス、私は予想通りBクラスだった。

そして、今年のBクラスの人数はたったの六人らしい。

教室は校舎内ではなく、裏山の手前に建つかまくらみたいなドーム形の部屋だ。

外側の壁には植物がたくさん生えている。

なんだろう、このBクラスの迫害されている感半端ない雰囲気は。

ヨーカー魔法学園の授業は教室移動が多いが、Bクラスは基本的にこの部屋を使うようだ。

曲線を描く天井の中央には、採光用の透明な窓がある。

教室に入り中を見回していると、奥の壁際の席に見知った顔を見つけた。平民特別枠のバンダナ少年だ。かなりの才能の持ち主かと思われた彼も、同じBクラスらしい。

……いくら優秀でも、英才教育を受けている貴族には敵わないか。うちの実家のように、平民で裕福なのは特殊な例だろうし。

小さめの教室内では、皆好きな席に座っている。

なんとなく気まずくて、私はバンダナ少年から一番遠い入り口側の席へ腰掛けた。

クラスメイト六人の内訳は、男子三人に女子三人。ちょうど半分ずつだ。

まず目に入ったのは、手入れされた金髪に赤と青のオッドアイを持つ、いかにも育ちの良さそうな琥珀色《こはくいろ》の肌の少年。整った容姿を持つ彼は、私のすぐ近くに座っている。

次に、一番後ろの席を陣取っている紫髪に赤紫の瞳の少年。

可愛らしい、中性的な容姿だけれど、机の上に大胆に両足を乗せていた。

彼の近くでは、橙色《だいだいいろ》のおかっぱ髪の少女が読書をしており、その隣では水色の髪を三つ編みにした少女が眠りこけている。水色髪の少女の目は、前髪が長すぎて見えない。

しばらく待つと、担任の教師が入ってきた。

まだ若く、桃色の長髪が特徴的な男性教師だ。彼の翠色《みどりいろ》の瞳が教室を見回す。

生徒が揃っていることを確認すると、教師が前に立って声を上げた。

たたずまいが上品で、なんとなく貴族っぽい。

エメランディアでは魔法を使える平民が少ないので、魔法学校の教師は貴族が多いのだ。

「ヨーカー魔法学園へようこそ。私がBクラスの担任、ジュリアス・ロードライトだ」

続いて、彼から本日の予定が知らされた。

生徒全員にスケジュールの書かれた紙が配られる。


〈初日の予定〉

・自己紹介
・魔力測定、適性検査
・寮の説明
・クラブ活動説明
・入学歓迎会（任意参加）

スケジュールに沿って、さっそく生徒の自己紹介が始まる。

最初は教室の一番奥にいたバンダナ少年が指名された。彼は今日も機嫌が悪そうだ。

「ガロ・ラッツフィールドだ。南東のアイヤー村出身」

アイヤー村は王都から遠く離れた小さな村で、周辺では農業が盛んだと聞いたことがある。

そんな場所からこの魔法学園にやって来るのは、さぞ大変なことだろう。

続いて、橙《だいだい》髪の少女が口を開く。

「ハイネ・エクリプスです。好きな魔法は……呪術。趣味は……薬作り。よろしく……」

ぼそぼそと話す声は小さく、聞き取りにくい。

隣にいた水色髪の少女は指名されて初めて目が覚めたようで、慌てて自己紹介を始める。

「ミスティ・アウラです！　ハイネと一緒で王都出身、将来は魔物研究家になりたいです！」

元気の良い彼女の次は、紫髪の小柄で中性的な少年だ。

「俺ぁ、ノア・アームズ。実家は魔法都市内にある。よろしくな！」

ドスのきいた声で大股を開いている彼の様子は、全然可愛くなかった。人を見た目で判断してはいけない。

そして、近くに座る金髪の少年が話しだす。

「カマル・マラキーア、砂漠大国トパゾセリアの出身。この国は、緑が多くていいね」

なんと、留学生もいるようだ。肌の色が異なるのは、外国出身だかららしい。

爽やかに挨拶を終えた彼の次は、いよいよ私の番。ドキドキしながら声を出す。

「アメリー・メルヴィーンです。グロッタ出身です」

無難な挨拶を済ませると、生徒たちが興味深げに私を観察しているのが目に入った。

彼らは裏口入学の噂を耳にしているに違いない。「裏口入学については秘密にしている」と、使者が言っていたが、いつの間にか全生徒に話が広まっている。

ガロが広めたのかとも考えたが、彼は他の生徒と接触していない様子。

とすると……サリーが、うっかり口を滑らせたのかもしれない。

気まずい思いを抱えながら座っていると、一番後ろにいたノアが、ドスのきいた声で話しかけてきた。さっそく裏口入学のことを絡まれるのだろうかと密かに震え上がる。

「お前が、アメリー・メルヴィーンか！　こんな針のむしろ状態で入学してくるなんて、根性があるなあ！」

「えっ……？」

難癖をつけられると思いきや、なぜか面白がられているようだ。

どうしてだろうと戸惑っていると、ジュリアス先生がパンパンと手を叩く。

「喋るのはあとにしてくれ。魔力測定と適性検査が控えている」

私たちは担任に促されるまま、教室の外に出た。

教室と裏山の間には、広い空き地が広がっている。ジュリアス先生は空き地の中央に魔力の計測器を設置した。計測器は子供の頭ほどの大きさの水晶玉だ。

幼い頃、一度魔力を測定されたはずだけれど、私は何も覚えていない。

でも、ろくでもない結果を出したのは確かで、以来、父親から「失敗作」や「でき損ない」と呼ばれていた。

「では、順番に測定器に触れるように」

最初に動いたのはノアだ。大股で意気揚々と進む彼が触れた水晶は、橙《だいだい》色に光りだす。

あちこちに節操なく光が飛んでまぶしい。

「なるほど、なかなか魔力量が多いようだ。色は橙《だいだい》で炎、雷を扱うのが得意。細かい作業より大型の魔法を扱う方が向いているみたいだな。この国の基準でいうと『戦闘型』だ」

水晶の光が強ければ強いほど魔力量が多いと判断され、色は得意な魔法の属性、光の波状は魔力の質を表す。

この国の魔力の質はおおまかに「戦闘型」、「医療型」、「職人型」、「魔物型」、「一般型」、「特殊型」に分けられる。

質自体が、「国が必要としている職業」を表しているのだ。

なお、この質という概念はエメランディア独自のもので、型に嵌《は》まらないけれど、貴重な力だと判断された場合、「特殊型」という扱いになる。サリーがそれだった。

ノアは自分の魔力測定に満足した様子。

次に、おかっぱ髪のハイネが水晶に触れる。

光は先ほどよりも穏やかだ。でも、紫で不穏な光が靄《もや》のようにうごめいている。

「魔力量は平均より多めで色は紫、珍しい属性だ。闇が得意なタイプで呪術向き。一応、『医療型』と言われる質だが、『職人型』でもやっていけそうだ」

水色髪のミスティは、平均的な魔力量で水の魔法が得意なタイプ。彼女は、「医療型」と「魔物型」と診断された。「魔物型」は魔物を扱う仕事に向いている特殊なタイプだそう。

バンダナ少年ガロは、平均的な魔力量で植物や土が得意なタイプ。「職人型」と診断された。

全員、特に驚いた様子はない。以前にも測定を受け、同じ結果が出たのだと思われる。

最後にひっそり診断してもらおうと思っていたけれど、次にジュリアス先生に呼ばれたのは私だった。

「どうしよう……」

クラスメイトの前でショボい結果をさらすのは、すごく恥ずかしい。

だって、皆、魔力量が多かったり、レアな属性だったり、必要とされている質だったりするもの！

せめてもの抵抗と、上着で水晶を隠しつつ、こそこそと手を触れる。

すると、ぼんやりと水晶が濁《にご》りだした。ヘドロ色の微々たる光が、煙のように揺れながら、縦に細く伸びている。

周りの生徒が息をのんだ。

わかっている。あまりのショボさに声も出ないんだって。

しかもヘドロ色って、めっちゃ汚いんですけど。皆、橙《だいだい》色や紫色の鮮やかな色なのに、なんで私だけヘドロ色なの⁉

おずおずと水晶から手を離すと、ジュリアス先生と目が合った。

「ちょっと待て。君は魔力詰まりを起こしているな」

「魔力詰まり？」

聞いたことのない言葉だ。

首を傾《かし》げる私の手首に、「少し触れるぞ？」と告げたジュリアス先生の手が重なる。

黒い手袋をはめた彼の手から私の体の中に、目に見えない力が流れ込んでくる。

たぶん、魔力だろう。

ややあって、体内にある「何か」にせき止められるように力が止まる。

「見つけた」

先生がつぶやくと同時に、その「何か」が押し流され、体中に彼の魔力が巡る感覚がする。

困惑する私に向けて、ジュリアス先生が説明してくれた。

「アメリーの体は、魔力詰まりと呼ばれる状態だった。たまにあるんだ。極端に魔力が低い場合は、魔力詰まりの可能性が高い。平民向けの一般的な診断では低魔力と誤診されがちだ」

信じられなかった。自分の中に他の人と変わらないような、普通の魔力が眠っていたなんて。

私の中に僅《わず》かな期待が芽生える。

「もう一度、水晶に触れてみてくれ」

「はい……」

そっと水晶に手を置くと、今度はヘドロ色の光が洪水《こうずい》のように溢れ、まっすぐ空に伸びていった。

まるで天を突き刺す、大きく太い柱のようだ。

魔力量は増えたが、色はヘドロのままで汚い。

他の生徒や先生は目を見張っていた。

「これは、初めて見たな。アメリー、もう手を離していい」

言われたとおりに手を離すと、ヘドロ色の光は一瞬で消え、ひしゃげた水晶が残った。

変形した水晶は、もう使えそうにない。

思わぬ事態に動揺していると、ジュリアス先生が「大丈夫だ」と私をなだめた。

「許容量オーバーか。測定器が魔力量の多さに耐えられなかったんだ」

そう言うと、彼は別の水晶を地面に置いた。スペアがあったようだ。

「魔力過多の問題児は一人だけかと思ったが、今年は二人もいるのか。しかも、アメリーは属性不明。おそらく多属性が入り混じっているから、あんな色になるんだな。とりあえず『一般型』に分類されるだろう」

担任の言葉を、不思議に感じながら聞く。今の自分が信じられない。

最後に測定したのは留学生のカマルだ。

今まで測定した生徒は、全員水晶を壊していない。ということは、もう一人の魔力過多は彼？

カマルが水晶に手を置くと、辺りが真っ白な光に包まれる。まぶしい……！

思わず目を閉じた私が瞼《まぶた》を開けると、水晶は真っ二つに割れていた。

「魔力過多で白か。光系に向いていて、これも『一般型』だな。質については、あくまでこの国の基準だから、気にしなくていい。規定された質に当てはまらない場合、『一般型』になる。その中で国が承認した質のみが『特殊型』に指定されるんだ」

ジュリアス先生は、私の常識を覆《くつがえ》すようなことを言う。

……「一般型」は、ありふれた駄目な質ではないの？

生徒たちからの疑問の視線を感じた彼は、魔力の質について説明し始める。

「量はともかく、得意属性や魔法の質は訓練次第で自由に変えられる。例えば、呪術に凝っている者の魔力の属性は闇になりがちだ。宗教系の施設で働く人間はその逆で、属性が光かつ『医療系』の質になりやすい」

呪術好きの子は、呪術に向いた属性に。魔物好きの子は、魔物に向いた属性に……ということのようだ。

「そして、エメランディアで悪く言われる『一般型』は、平凡で秀でたものがない質ということではなく、何にでもなれる可能性を秘めた質だ。規定の職業に特化していないだけで、決して悪いものではない」

そんな話を聞いたのは、初めてだった。

「こんなことを言うのは、私が他国の出だからだが。適性は参考程度に思っておくといい」

ジュリアス先生は、他国から来た教師だったのだ。

彼は「今年からエメランディア分校に赴任して、担任を持つのは初めてだ」と、私たちに教えてくれた。

「全員、一旦教室に戻って。魔力量や属性や質については、これからの授業で詳しく説明する。魔力過多の二人は放課後、教室に残るように」

私とカマルは呼び出しのようだ。突然こんなことになって、気持ちが追いつかない。


教室に戻ると、今度は寮の紹介があった。

ヨーカー魔法学園のエメランディア分校には、五つの寮が存在する。

・戦闘職志望の生徒が多く、寮でも独自の訓練を行う体育会系の青桔梗《あおききょう》寮。
・職人志望の生徒が多く、様々な実験や制作をしている錬金系の黄水仙《きすいせん》寮。
・医療職志望の生徒が切磋琢磨《せっさたくま》し、勉強会などを多く開く医療系の白百合《しらゆり》寮。
・上位貴族の成績優秀者が多数を占める、選ばれた人間しか入れない赤薔薇《あかばら》寮。
・自由な雰囲気で来る者を拒まない黒撫子《くろなでしこ》寮。

荒事は苦手だし、不器用だし、頭も良くないし、平民だし……私は黒撫子寮一択だ。

他の寮でやっていける気がしない。黒撫子寮でも無理かもしれないけれど。

考えていると、水色髪の女子生徒、ミスティが話しかけてきた。まさか、ノア以外のクラスメイトも話しかけてくれると思っていなかったのでびっくりする。

彼女の後ろには、おどおどした様子のハイネも立っていた。

「ねえ、あなたはどこの寮にするの？　Aクラスは各寮がスカウトに来るみたいだけど、Bクラスは自分で希望を出さなきゃならないの。しかも、出しても通らないことが多い」

「そうなんだ……」

「この学園には、お兄様が通っていたから。少しだけなら仕組みがわかるよ」

ミスティは得意げに言った。親切心から声をかけてくれたようだ。

彼女たちになら話しても大丈夫だろうと、自分の希望を伝えてみる。

「私は『黒撫子寮』にしようと思うんだけど、拒まれたら行き場がなくて」

「大丈夫。黒撫子は、最後の受け皿だから。私やハイネも『黒撫子寮』希望だよ。呪術専門の寮や、魔物専門の寮がないからさ」

話していると、近くにいたノアも口を挟んでくる。

「俺も黒撫子にするぜ。よろしくな！」

ノアの言葉に、ミスティが瞬《まばた》きしながら問いかけた。

「あなたは、青桔梗に行くのかと思っていたけど？」

「あんな堅苦しい寮はごめんだ！　ガチガチの軍隊みたいじゃねえか、耐えられねえよ！」

考え方は、人それぞれ。

ジュリアス先生から配られた用紙に、希望する寮名を魔法式羽ペンで書く。

このペンは、授業のノートを勝手に書いてくれるそうだ。魔法陣など、ややこしい模様を正確に描き写すのに使われる。普段は普通のペンとして利用可能だ。

真っ先に、バンダナ少年ガロが用紙を提出した。紙には、青桔梗と書かれている。適性は無視する方向らしい。なりたいものを目指すのが一番だよね……。

「寮が正式に決定するまでは、今いる部屋から通学するんだよ。数日で通知が来て、それから寮に引っ越すの」

ミスティやノアが親切に情報を教えてくれる。貴族の間では、ヨーカー魔法学園の仕組みが浸透しているらしい。身内が通っている者も多いようだ。

ハイネは物静かだけれど、二人の会話に相づちを打っていた。三人からは敵意を感じない。

今まで対等に、フレンドリーに接してもらえたことがなかったので、私は困惑してしまった。

思わず彼女たちに問いかける。

「あの、私なんかに話しかけていいの？　メルヴィーン商会の姉妹の噂、聞いているでしょう？」

三人はパチパチと瞬《まばた》きしたあと、おかしそうに笑い出した。

「ああ、裏口入学の件？　よくある話だよ。この学校は貴族の中でも優れた成績の子しか通えないけど、貴族だって実力がないのに成績を操作させて通っている子もいるの。親がこっそり裏口入学させていて、本人は全く知らなかったということもあるし」

「私も……知ってる。Ａクラス、何人か、不正入学……」

女子二人の話に、私はあんぐりと口を開けた。

「そうそう。お前がいろいろ言われるのは、平民だからだ。アウェイの中で堂々と通学していて、俺はむしろ尊敬するぜ！　人には事情があるもんだ……って、実は、お前のことは伯母から聞いたんだけどさ」

「伯母？」

「この学校で手広くやっている、マンダリンっていうおばさんだよ」

「あなた、マンダリンさんの甥っ子なの？」

そういえば、アームズという姓が一緒だ。

「そ。一つ上の学年に、マンダリンの実子がいるぜ？　そいつの寮は黄水仙だけどな」

なんと、意外なところで意外な人物が繋《つな》がっていた。

「あんたのこと、気にかけてやってくれって頼まれた。何も知らない魔法ド素人だからって。今度、魔法都市を案内してやるよ」

「ありがとう……」

魔法都市の話が出ると、女子二人も「行きたい！」と言い出した。

あとで聞いたところによると、ミスティとハイネとノアは学園へ来る前からの知り合いらしい。

エメランディア王都の南側には、「魔法都市」と呼ばれる地区がある。

王都の中に、様々な地区が存在し、その一つが魔法に特化した街なのだ。

ヨーカー魔法学園は、魔法都市の中心に建っていて、周りには不思議な建物や店がたくさん並んでいる。転移の魔法陣で地方都市から直接校内に飛んでしまった私は、まだ魔法都市を目にしていないけれど。

他の三人は王都住まいで、ノアの実家は魔法都市にあるようだ。案内してもらえるのは心強い。

「私、学園内で一緒に暮らす使い魔が欲しいの！」

はしゃぐミスティに、ハイネも便乗する。

「……あの、私も、魔法鍋……追加で欲しい」

「俺も、この間、魔法媒体をぶっ壊しちまったんだよな。修理に出さないと」

ノアも加わり、あれよあれよという間に、話が進んでしまった。

明日は学園が休みだが、皆で魔法都市見学へ行くことに決まる。

「アメリー、どこか行きたい場所はある？」

「えっと、冒険者ギルド。学園で簡単なアルバイトができると聞いて、その仕事先が冒険者ギルドになりそうだから」

「私も行ってみたい！　面白そう！」

ミスティが両手をぐっと握りしめ、上に掲げた。

前髪で表情がわからないが、わくわくしている様子だ。ハイネもノアも、なんだか楽しそう。

今まで親しい相手がいなかったので、初めてできた学園の仲間を前に、私もドキドキした。

友達と思うのは、おこがましいかもしれないけれど、でも、もっと仲良くなりたい。

お喋りしていると、ジュリアス先生がクラブ活動の説明に移った。

この学園には、様々な活動をするクラブがあるという。

飛行クラブ、魔法騎士クラブ、魔法薬研究クラブ、魔法都市食べ歩きクラブなどなど。現在は合計で十二個のクラブが存在し、入りたいものがなければ新設申請もできるそうだ。

とはいえ、私には関係ない。アルバイトをしなければならないからだ。

「ねえ、クラブ活動はするの？」

ノアたちに聞いてみると、全員微妙な顔をする。

「うーん、どうかなあ。俺たち、貴族の中じゃあ鼻つまみ者だし？」

「どういうこと？」

「俺は素行の悪さで敬遠されているし、ハイネは呪いが好きすぎて不気味がられてる。ミスティは魔物好きが高じて魔物を王都に連れ込み、大事件を起こした前科持ちだし。俺らがBクラスにされた遠因」

「それがなければ、Aクラスだったということ？」

「家庭教師に魔法を習っている貴族はAクラスだ。Bクラスは平民特別枠ができてから作られた。家庭教師に魔法を教われない平民は、授業についていけずに最初に躓《つまず》くから。貴族側から、授業の邪魔だと苦情が出たんだと」

Ｂクラスができた理由が判明した。私はＢクラスに所属できて良かったのだ。

いきなりＡクラスに入れられても、絶対についていけない。

サリーは大丈夫なのかな？　上手くやっていけそうな気はするけれど……

最後に、放課後の入学歓迎会について説明があった。参加は任意で、上級生もいるという。

ちなみに、私は出ない。参加したところで、針のむしろだし。

歓迎会より明日の外出計画を立てたいミスティ、人見知りのハイネ、人が歓迎会会場に集まっている間に、立ち入り禁止エリアを含めた学園探検をするつもりのノア。三人とも不参加のようだ。

そうしているうちに、この日の説明は終了した。

貴族三人組が軽やかに教室を出ていき、バンダナ少年のガロもそれに続く。

「アメリー！　明日の十時に表門前に集合ね！」

「うん、わかった！」

大きく手を振って三人を見送る。魔力過多の生徒は残るようにと先生に言われたので、私は教室に居続けなければならない。金髪少年のカマルも、席に座って待機していた。

「アメリー、カマルの隣に移動してくれるか？　一緒の方が説明しやすい」

「はい……！」

恐る恐る、私はカマルの隣の席へ移動する。

近くで見ると、彼は恐ろしい美貌の持ち主だった。どこぞの王子様といったオーラを放っており、雰囲気からして、絶対にただ者ではない。

ちなみに、ヨーカー魔法学園では貴賤《きせん》の差はあれ、生徒同士は建前上フラットな関係である。じゃないと、何もかもが大仰になりすぎ授業が成り立たないので。

だから、生徒同士は名前で呼び合うし、敬語は強制されない。これは、入学式で説明があった。

少しして、ジュリアス先生が魔力過多についての説明を始める。

「魔力測定の結果でわかったかと思うが、アメリーとカマルは『魔力過多』という状態だ。つまり、普通の人間と比べて極端に魔力が多い。原因は先天性の他に、後天性で特定の環境下で育ったことや、薬の摂取が疑われている。世界でも数人しかいない、珍しいケースだ」

彼はどこかうんざりした様子で続けた。

「魔力過多の面倒なところ……いや、注意しなければならないところは『魔力暴走』だ。自身の魔力を抑えきれなくなり魔力の暴発が起こると、自分や周囲を巻き込んだ大事件に発展しかねない。過去には村一つが消し飛んだ例もある」

恐ろしい話を聞き、私は息をのんだ。

考え込んでいると、目の前の机に指輪が二つ置かれる。青い石が嵌《は》まった、小さな指輪だ。

「二人には、これを渡しておく。私も過去に使っていた、魔力を制御する道具だ。平均的な量まで魔力を抑え込むことができる。道具で抑えきれなくなると破損するから要注意。魔力は感情にも大きく左右されるから、冷静を心がけるといい」

さらっと恐ろしい発言をするジュリアス先生。

でも「私も過去に使っていた」ということは……？

「先生も、魔力過多だったんですか？」

私の質問を受けた彼は、神妙な顔で頷いた。

「私も魔力過多で、子供の頃に魔力暴走を起こしかけたことがあった。幸い、魔法に詳しい祖母が近くにいたおかげで、事なきを得たのだが。彼女がいなければ、今頃私はここにいなかったと思う」

魔力暴走は、深刻なもののようだ。膨大な魔力を持つサリーも、同じように指輪を渡されているのだろうか？

ジュリアス先生に促されるまま、私は机の上に置かれた指輪をはめてみた。身につけた瞬間、指輪が縮んでジャストフィットなサイズになる。さすが、魔法道具の指輪……！

変なところで感動してしまった。

地方に出回っている魔法道具は、生活必需品の家具類や道具類がメインなので、指輪型の道具は初めてなのだ。続いて、隣に座っていたカマルも指輪をはめた。

……同じデザインの指輪をはめる男女。

魔力を制御するアイテムだとしても、微妙な気持ちになるよね。

私は気にしないけれど、女子と同じ指輪をはめるのは嫌だろうなあと、カマルにちょっと同情した。

「魔力過多についての説明はこれで終わりだ。あとはクラブ活動の見学に行くなり、入学歓迎会に行くなりするといい」

用を終えたとばかりに、ジュリアス先生は教室を出ていってしまった。私も部屋に帰ろう。鞄《かばん》を肩に引っかけて立ち上がると、大人しく座っていたカマルが話しかけてきた。

「お互い、魔力過多が発現しちゃって苦労するね。魔力詰まりのままの方が良かったんじゃない？」

どこか様子を窺《うかが》うような彼を前に、私は苦笑いを浮かべる。

「そんなことないよ」

それは、魔力がほぼなくて、魔法方面の教育を諦められたことのない人間の言葉だ。

私は、魔力があって良かったと思う。たとえ、危険な魔力過多でも。

少なくとも、この学園にしがみつける要素が増えた。

魔力がない人間より、多い人間の方が重宝されるはずだ。サリーだって、歓迎されていたもの。

妹みたいに、ちやほやされたいわけではない。

ただ、私の存在を認めて欲しい。普通に生きていても良いのだと。

一人で悩んでも仕方がないので、頭を切り替える。そういえば、カマルにはまだ挨拶もできていなかった。緊張しつつ、自己紹介をする。

「はじめまして。私、アメリー。よろしくね」

「……僕はカマル、呼び捨てでいいよ。こちらこそよろしく」

気のせいだろうか、カマルの微笑みが少し寂しげに見えた。

「そうだ。カマルはもう、寮を決めた？」

「まだだよ。アメリーは？」

「私は黒撫子寮。ガロ以外の三人も同じだよ」

「なら、僕もそこにしようかな。赤薔薇寮からも声がかかっていたけれど」

選ばれし者しか入れない「赤薔薇寮」から声がかかっているなんて、ますます「何者!?」という感じである。魔力過多だからだろうか。誘いを蹴って黒撫子へ行くなんて、なぜだろう。

「あの、カマルはどうしてBクラスに？　赤薔薇寮から声がかかるような人なのに」

純粋な疑問を口に出してみると、彼は照れたような笑みを浮かべる。

「自分で希望したんだ。なんといっても、ジュリアスが担任だから。僕自身が魔力過多ということもあるし、断然Bクラスを選ぶよ。少人数なのもいいよね」

……今、教師を呼び捨てにした。

ジュリアス先生も貴族出身みたいだけれど。カマルは、さらに上だということ？

そんな人が、自分と普通に喋っているなんて変な感じだ。

「先生とは、知り合いなの？」

「うん、昔からの顔馴染みだよ。ジュリアスは魔法大国の出身——本校の卒業生で、その辺の教師よりも魔法に精通しているんだ」

「そうだったの」

Bクラスにもかかわらず、すごい人が担任になっていたようだ。

「この魔法道具だって、エメランディアでは出回っていなくて、ここへ入学しないと手に入らなかった。ジュリアスのことは秘密にしておいてね、あまり言いふらされたくないみたいだから」

「わかった。でも、重要なことなのに、なんで私には話してくれたの？」

「同じ魔力過多だったし、君なら大丈夫かと思って」

確かに、私には噂話をするような相手はいない。

クラスメイトの三人組と話をしたけれど、まだ堂々と「友達だ！」と言い切れない関係だ。

しょんぼりする私に向かって、カマルは上目遣いで問いかけてきた。睫毛《まつげ》が長い……

「ねえ。もし、良ければだけれど、僕と友達になってくれないかな」

びっくりして、思わず彼のオッドアイを見つめる。

私と仲良くなりたいだなんて、信じられない。

「……私なんかでいいなら、喜んで。でも、本当にいいの？」

困惑しつつ答えると、目の前の爽やか少年は、にこやかな表情を浮かべた。

「もちろん。それじゃあ、よろしくね」

とても好意的な微笑みだけれど、同時にすごく観察されているような気配がする。

私、何かやらかしましたか？　魔力過多仲間だから興味をもたれている？

カマルが魔力測定で発した清らかな白光とは異なり、私が打ち上げたのはただの汚いヘドロ光線だけれど……

微妙な気持ちになっていると、カマルが別の質問をしてくる。

「そういえば、アメリーはどうして魔法学園に？　なりたいものでもあったの？」

「成り行きで妹についてきたの。なりたいものは、まだわからなくて……」

確か、ハイネは呪いを勉強したそうだったし、ミスティは魔物研究家になりたいと言っていた。

彼女たちは、明確な目標を持っている。

それに比べて、自分ときたら、「なんか、すみません」という感じだ。

けれど、強《し》いて言えば……

「私は、とにかく就職がしたい。できれば、きちんとしたところで働きたいし、一人で生きていけるようになりたい。なんの仕事に就きたいとか、どういう方面へ進みたいとか、そういうのはまだ決めていないけれど」

「堅い仕事に就きたいんだ？」

じっとこちらを観察するカマル。そんなに見られても、何も出ないよ!?　探る価値のある情報なんて持っていないよ!?

困惑しながら、私も彼に問いかける。

「カ、カマルは卒業後、何がしたいことはあるの？」

「うーん……」

やや間を置いて、彼は自分の将来について語り始めた。

「僕は、自分の国に魔法学校を作りたい……かな」

「砂漠大国出身だったよね？　魔法学校がない国なの？」

「うん。魔法を習いたい子供は、お隣の魔法大国に留学する。ヨーカー魔法学園の本校があるしね。

でも魔法大国は今、魔法学校が乱立しているから、お金さえあれば簡単に入れちゃうんだよね」

自国に魔法学校を建てるより、魔法が一番進んでいる隣の国へ行った方が効率的ということらしい。

「それなら、どうしてカマルはエメランディアに？　魔法大国へ行った方が、教育は進んでいるんじゃない？」

砂漠大国トパゾセリアと森林小国エメランディアは比較的近いけれど、わざわざこちらへ来るメリットはないように思える。

「ちょっと、事情があってね」

カマルは、窓の外を見ながらポツリと言った。

進んで話そうという雰囲気ではなかったので、私はそれ以上聞かないことにした。

初対面で立ち入りすぎるのは、良くないよね……？

しばらく経って、カマルが立ち上がる。

「それじゃあ、僕は街に宿を取っているから。またね」

優しげに微笑み手を振る姿は優雅の一言に尽きる。

「うん、またね！」

人生初の「友達」ができた私は、元気良く彼に挨拶を返した。

三　水上の魔法都市と初めてのアルバイト

入学式の翌日、私はものすごく早起きした。昨晩から、わくわくしすぎて眠れなかったのだ。

今日はクラスメイトと一緒に魔法都市へ行く日。

着ていく服がヨレヨレのワンピースなのは残念だけれど、休日に制服で出かけるのも微妙なので仕方がない。髪を結んで、鞄《かばん》を持って……

「よし、出発！」

待ち合わせ場所はヨーカー魔法学園の表門。

学園の正面にある巨大な門で、学園と魔法都市中心部を繋《つな》ぐ出入り口になる。

普段から開けっぱなしの門の両サイドには、常に門番が立っていた。

ちなみに魔法都市に限っては、平民でも教えられた最低限の魔法を使える者が多い。なんといっても、魔法を使う店が多いので。

表門の前に立っていると、正面の坂道から声が聞こえた。

「おはよう、アメリー！」

元気に走ってくるのは、動きやすそうなブラウスにくるぶしまでのパンツをはいたミスティだ。

彼女の後ろには、俯《うつむ》きがちに歩くハイネと大股で進むノアがいた。

ミスティとハイネは魔法都市に宿を取っており、ノアは近くに実家がある。土地勘がない私のために、わざわざ学園まで迎えに来てくれたのだ。

「おはよう。ごめんね、ここまで来てもらって」

「いいの、いいの。宿から歩いてすぐだし！　ほら、行くよ！」

グイグイと手を引っ張られ、私はよろけながら門を出た。

門の前に立っていた門番のお兄さんたちが、愛想良く手を振ってくれる。彼らも学園の卒業生みたいだから、私たちが今年の新入生だとわかっているのだろう。

手を振り返し、ハイネとノアのいる方へ向かう。

「よっしゃ、今日は夜まで遊び倒すぞ！」

「おおー！」

ミスティとノアのテンションが高い。夜までって、元気だな……

門の外に並ぶ建物は、白い石壁で統一されている。

同じく白い石畳の両側は花壇になっていて、薄紫色の花が咲いていた。

花の向こう側には、幅の広い水路が流れている。

透き通った水色の花が浮かぶ水面の上には、まだ明かりのともっていない街灯がふわふわと浮いていた。夜になると、ひとりでに明かりがつく仕組みのようだ。

水色の花は水を浄化する魔法植物なのだと、ハイネが説明してくれる。

魔法都市は、歩くだけで楽しい街だった。初めて見るものばかりで、好奇心が抑えきれない。

まだ午前中だからか、人はそれほど多くはなく、たまに、いかにも「魔法使いです」というローブを着た人が通りかかるくらいだ。

「水がたくさん流れている街だね」

私がそう言うと、魔法都市出身のノアが大きな口を開けて笑った。

「そりゃあそうだ、この魔法都市は巨大湖の上にあるんだから。ここ、水上都市なんだぜ？」

魔法陣で転移したので知らなかった。

王都の南端には内海のような巨大な湖があり、その上に魔法都市があるのだという。

他の地区との行き来は、定期的に出航する魔法船や魔法飛行船に乗るとのこと。

「どこから行く？　一番近いのはハイネの魔法鍋だね。『石壁と竈《かまど》のエリア』にあるよ」

「じゃあ、そこにしようぜ！」

私たちは、まず魔法鍋屋へ行くことになった。

教科書の「魔法鍋」という項目を読みながら、私は前へ進む。

「魔法鍋とは、魔法薬を作るのに必要な鍋の総称である。普通の鍋より頑丈《がんじょう》で、多少の爆発にも耐える」

……っていうか、爆発って何？　薬を作るのに、なぜ爆発が起こるの!?

「ククク……新しい鍋で呪い薬……楽しみ……」

ハイネは嬉しそうだ。満面の笑みを浮かべ、先頭を歩いている。

石壁の並ぶ温かい雰囲気のエリアは、迷路のように入り組んでいた。

はぐれないように、皆についていかなきゃ。

しばらく進み、細い路地の中にある階段を上っていく。すると石造りの長屋風の建物があり、黄色い扉が並んでいた。

ハイネはくるっと曲がり、手前から二つ目の扉を開ける。慣れた様子だ。

扉には素朴な木の看板がかけられており、「砂糖星《さとうぼし》鍋店」と書かれている。

「可愛い名前……」

中に入ると、外から見たよりも、ずいぶん天井が高いことに気づいた。

「この店、広くなっていない？」

思わず出た疑問に、またしてもノアが噴き出す。

「当たり前じゃん。店の外と中で広さが違うなんて」

魔法都市の常識は、地方都市とずいぶん異なるようだった。

店の四方の壁は木製の棚になっていて、色鮮やかな鍋が所狭しと並べられている。

「そういえば、アメリーは魔法鍋を持っていないんじゃねえか？」

「うん。学園で揃えるもののリストには、任意と書かれていたから」

「資金があるなら、買っておいた方がいいぜ。学園の備品の鍋は借りられるけど、粗悪品でしょっちゅう爆発するから……って従兄が言ってた」

恐ろしい話を聞き、私はピタリと動きを止めた。

爆発するなんて、一体、授業でなんの薬を作るというの⁉

「魔法薬作りって、危険なんだね」

「ああ。魔法薬を作る過程では、いろいろ調整が必要なんだよ。手順や魔力量を間違えると、一発でドカンだ。粗悪品の鍋は、それ以前の問題。きちんとした鍋なら、爆発することもない。魔法薬作りを間違えた際の爆発を防いでくれる鍋もある。鍋は比較的安価で良いものがあるから、買っておいた方がいいぜ」

「なるほど。教えてくれてありがとう」

近くに置いてある、持ち手つきの赤い花柄の鍋を見てみる。お値段は、四千メリィ。

安くはないが、買えない値段でもない。

魔法使いが買う鍋だから高価なものばかりだと思ったが、私に買える品も置いているみたいだ。

ちなみに、爆発防止機能のついた鍋は高く、八万メリィもした。

安い鍋でも、学園の備品よりは安全だよね？　この鍋を買おう。

「それにするのか？　魔法機能は付与されていないが、授業で使うぶんには大丈夫だと思うぜ。備品の爆発鍋より、だいぶましだ」

「そうだね。これにするよ」

可愛い花柄が気に入った。使うからには、好きな雰囲気の鍋がいい。

小さめの持ち手は、私の手にフィットした。

店の奥にいた若い男性店員さんに、鍋を買うことを伝えて支払いを済ませる。

「そちらは値引き商品ですので、三千八百メリィです」

運良くセール品を手に入れた私は、良い買い物をしたとテンションが上がった。

「魔法学校の新入生かな？　ラム鉱石の鍋は、なんの変哲《へんてつ》もない一般的な鍋だけれど、丈夫だから、大事に扱えば長持ちするよ。これもオマケしておくね。薬を混ぜるのに使うといいよ」

店員さんが、銀色のオタマをつけてくれた。

鍋以外の備品は、学園で借りようと思っていたが、思いがけずマイ・オタマができて嬉しい。

「ありがとうございます！　大事にします！」

配布用のオマケで大喜びする私を見て、店員さんは驚いている。

ハイネも目当ての鍋を見つけたようだ。

店員さんは、店の最奥にある高価な鍋のコーナーへ走っていった。

魔法鍋に続いて、ノアの魔法媒体の修理に行くことにする。

これまで、ノアは杖型の媒体を使っていたらしいが、あの性格だ。

雑に扱ったためか、杖はボロボロ。何度か修理しているものの限界があり、ただの木くずと化しつつある……とミスティが言っている。

「ついでだし、アメリーも魔法媒体を探してみるといいよ。媒体を使わない魔法使いもいるけれど、魔法初心者なら媒体があった方がいい。魔法を調整しやすくなるよ」

そういう意見は、すごく参考になる。貴族なんて怖い人ばかりだと思っていたが、皆とは話をしやすい。

「魔法媒体は、『車輪と桟橋のエリア』で売られているの……アメリー、魔法媒体は初めて？」

ハイネに問われて、私は頷いた。

「うん、初めてだよ。今までは魔法に縁のない生活をしていたから」

「……魔法媒体は二種類……あるの。私とミスティは腕輪。ノアは杖……媒体屋さんが選んでくれる」

「媒体屋さん？」

「魔法都市に、媒体を扱う店って、一つしかない……のよ？」

私に慣れたのか、ハイネが少しずつ饒舌《じょうぜつ》になってきて嬉しい。

「魔法媒体のお店……『月とシオン媒体店』というの。昔からある……すごく老舗《しにせ》」

「すごそうなお店だね。魔法媒体って高いのかな？」

「ものによる……分割払い、できる……わよ……」

「そうなんだ。見てみようかな」

私たちは、「車輪と桟橋のエリア」へ向かった。

そろそろ、お昼時という頃に、「車輪と桟橋のエリア」に到着する。

街中の案内地図で見ると、魔法都市の東にある、湖と接するエリアのようだ。湖沿いには桟橋がたくさんあり、小型の魔法船が並んでいた。

見上げると、真っ白な高い塔の横に魔法飛行船が停泊している。あそこは停留所らしい。

それ以外に、板に乗って空を移動している人がいる。

あれはボードだな。乗れたら、とても便利そう……

私の視線に気づいたノアが説明してくれる。

「いいよな、ボード。でもさ、街中で乗るには免許がいるんだ。各魔法学校が開催する試験に合格しないと、免許がもらえない。ヨーカー魔法学園の学生も試験を受けられるから、俺は在学中に免許を取る予定」

私も免許が欲しいな。もらったボードで、たくさん練習しよう。

湖からの涼しい風を受けながら、私たちは「月とシオン媒体店」に到着した。

三階建ての建物の青い扉を開けると、やはり天井が高く広い空間に出る。

建物自体の大きさと室内の広さは、全く関係がないらしい。

店内の壁一面に、たくさんの引き出しがある。外に出ている商品はないので、あの中に入れられているのかもしれない。

魔法媒体はめったに買い換える品ではないため、お客はほとんどいなかった。けれど……

「あ……！」

私は見覚えのある人物を見つけた。同時に向こうも私に気づく。

「アメリー？」

店主らしき背の高い女性と話をしていたのは、昨日友人になったばかりのカマルだった。

「カマル！　あなたも媒体を選びに来たの？」

問いかけると、彼は微笑みながら頷いた。

「僕の国では魔法媒体を使わないのだけれど、エメランディアに来たからには一つ欲しくて」

彼の手には、持ち運ぶのが大変そうな巨大な杖がある。

……鈍器になりそうだ。

白銀の杖の先端には繊細な細工が施されていて、巨大な宝石が嵌《は》め込まれていた。

「キラキラしていて綺麗だね。その杖、私の背より長くない？」

「そうだね。これが一番僕に合っているんだって」

カマルの言葉を受けた店主が、得意げに胸を張る。

思ったよりも若い、二十代くらいの、ふんわり優しげなお姉さんだ。

「本体は白銀樹《はくぎんじゅ》の枝、中に氷鳩《こおりばと》の羽、宵星《よいぼし》の涙、世界樹の花の結晶が入っているわ。キラキラ光る綺麗な塊は、貴重なロワ鉱石。めったに出回らない宝石で、魔力をため込む性質があるの。あなたに相応《ふさわ》しい杖だと思うのだけれど、良ければ考えてみてね。それで……」

店主は私に目を向けた。

優しげな眼差しなのに、どこか獲物をロックオンした空気が感じられる。

「新しいお客さんね。あなたもヨーカー魔法学園の子？　うふふ、お姉さんが媒体を選んであげましょうねえ？　媒体のことなら私、ヴィオレにお任せを」

「いいえ、私は……」

とりあえず見に来ただけで、高価なものは買えない身だ。

断ろうとしたが、ヴィオレさんが動く方が早かった。

彼女は懐《ふところ》から小さな杖を取り出し振っている。

ヴィオレさんの杖は彼女の肘までの長さほどで、カマルのものよりかなり小さい。

同じ杖といっても、長さは人によってバラバラみたいだ。

小さな杖の先端から溢れた温かな光が、優しく私を包み込む。

「そうねえ、なんでも合うけれど、そのぶん難しいわ。杖か、腕輪か……素材は何が一番しっくり来るかしら」

再度彼女が杖を振ると、天井近くにあった水色の引き出しが開き、金色の腕輪が飛び出てきた。

太めで頑丈《がんじょう》そうな金属の腕輪で、輪のつなぎ目に細かい幾何学《きかがく》模様が描かれた平らな石が装着されている。

「または、こっちね！」

今度は窓際の黄緑色の引き出しが開き、ペンほどの大きさの杖がこちらに向かってくる。

近くまで来ると杖は巨大化し、カマルのものより少し短めの長さになった。

それでも十分大きく、重そうだ。持って歩ける気がしない。

「大きな杖なら、僕とお揃いだね」

カマルは嬉しそうだけれど。

「扱いが簡単なのは、腕輪よりも杖よ。どちらがより相応《ふさわ》しいか見ていくわね」

穏やかに言うヴィオレさんに促され、私は腕輪をはめてみた。

ジュリアス先生に指輪をもらったときと同じように、腕輪がシュンッと縮んでジャストフィットなサイズになる。

しかし、しばらくすると、腕輪がうなり始めた。もう一度言う。腕輪がうなり始めた！

「この腕輪、変なんですけど！　ひゃあっ！　今度はガタガタ震え始めた！」

大パニックだ。オロオロしている私の手を取ったヴィオレさんは、慣れた手つきで腕輪を外す。

途端に腕輪は動きを止めた。

いきなり動きだす腕輪……かなり怖い。

「あなたの魔力を抑えきれなかったみたいね。魔法道具で抑えているみたいだけれど、媒体は魔力の本質に反応してしまうから」

……ということは、もう一つの方なの？

私は、巨大な杖に目をやった。

「大きな杖は、魔力の多い子に適しているのよ？　この杖をよく見てみて」

言われたとおり、杖を観察してみる。

金色の持ち手は細く、精巧に作られた太陽型の輪が上部に乗っていた。

中心には、真っ赤な石が埋まっている。綺麗だけれど、お高そう。

「杖を持ってみて！」

ヴィオレさんに促されるまま、私は杖の持ち手を握る。思ったより、かなり軽い。

少しすると、私を包み込むように淡く杖が光りだした。

「あら。やっぱり、こっちみたいね」

「本当だ。僕の杖が決まったときも、こうだったからね」

カマルが横から口を挟む。私の魔法媒体は、巨大な杖に決まりのようだ。

……絶対に、買えない。

「決まりね。あなたの媒体は、この杖よ！」

ヴィオレさんは得意げに、そして嬉しそうに杖を指さす。

「本体は軽量なコルネット金、中に陽だまりの針、紅玉花《こうぎょくか》、天上鶯《ビロード》の歌ね。で、その赤い石は輝《かが》血石《ちせき》。魔力をエネルギーに変換させるのに優れた石よ。高価な石ではないけれど、これを媒体として扱える人は稀《まれ》ね。おかげで、ずっと売れ残っていたの。お値段は、かなり値引きして二十三万メリィでどう？」

「……買えません」

私は即答した。だって、持ち金が二万メリィと少ししかない。

「あ、あら……。もしかして金銭的なこと？　だったら、分割でローンを組むのはどうかしら？」

「生活のめどが立たないと、なんとも」

アルバイトをすれば、最低限の生活はできると思う。その上で、余裕があれば購入可能だろう。

「生活することで精一杯で、高価なものは買えないんです。冷やかしのような真似をしてごめんなさい」

話していると、私の横からカマルがずっしりとした札束を出した。

「えっ？　カマル!?」

こんなに大量の現金を持ち歩く人、初めて見たよ？

彼は札束をヴィオレさんに渡すと、スッキリした笑顔で言った。

「足りるかな？　アメリーの杖も僕が買うよ。これで解決だね」

いやいや、一件落着みたいな顔だけれど、私は納得していないからね？

「駄目だよ、カマル。そんな大金を出してもらうわけには……」

「大金……？」

首を傾《かし》げるカマル。……金銭感覚が違いすぎる。

少し考え込んだカマルは、「今度こそいいことを思いついた！」という風に瞳を輝かせる。

「じゃあ、月に一万メリィずつ返してね。利子はなし。卒業までには完済できると思うから」

「そうじゃなくて！」

彼にここまでしてもらう理由がない。私は焦った。

「これからの授業で、魔法媒体は必要だよ。特に、僕たちのような魔力過多の生徒は」

「杖をカマルに買ってもらったら、対等な友達でいられなくなっちゃうよ」

言うと、カマルは「そんなことは気にしなくていいのに」と微笑む。

「じゃあさ、時々一緒に魔法都市を散策してくれないかな。友達同士でしかできないこと、たくさん経験したいんだ。今までは、自由に街歩きなんてできなかったから」

おそらくカマルは高位貴族の子供か何かだ。

友人関係も複雑になるだろうし、自由に出かけることは難しかったに違いない。

「一緒に魔法都市を巡るくらいなら、杖の件がなくても同行するけど」

話をしていると、ミスティが割り込んできた。

「二人とも、仲が良いね。あーっ！　アメリーとカマルが同じ指輪をつけてる！　そういう関係だったの？」

めざとく指輪を発見した彼女は、ニヤニヤと笑みを浮かべている。でもそれ、勘違いだから。

「ち、違うよ。これは魔力を抑える魔法道具！　先生にもらったの！」

一緒に否定してもらうよう、カマルの方を見たのだけれど。

なぜか彼は、にこにこしているだけで何も言わない。嬉しそうですらある。

「そう。お揃いなんだ♪」

さらに誤解を生むような流れを作らないで～！

これにはノアまでもが「ワーオ！　すっげえな、お前ら！」などと言い出した。

早く事実を伝えないとまずい。誤解だけが広がっていく。

「魔力暴走が起きないように、ジュリアス先生がくれた、魔力過多対策の指輪だよ！」

真相を伝えると、ノアはあっさりと身を引く。

「なぁんだ。つまんねーの」

皆にとっては「つまらない」かもしれないけれど、こっちはドキドキした。

しかも、ノアと話している間に、カマルが勝手に会計を済ませている！

「ちょっと、カマル!?　なんで、勝手にお金を払っているの!?」

「はい、アメリーの杖。落とさないようにね？」

彼が自然に手渡してくるものだから、思わず受け取ってしまった。

一緒にいたヴィオレさんが、笑顔で札束を店の金庫にしまい込む。

「お客様、そちらは返品不可ですので〜！」

「そ、そんな！」

「苦しかったら、返済しなくていいからね？　お金には困っていないから」

どうしようと困っていると、残りのクラスメイトも集まってきた。

「アメリー、授業には魔法媒体があった方がいいよ？　初心者ならなおさら」

ミスティが言うと、ハイネやノアも一緒になって頷く。

「魔法媒体がないと……授業についていきにくくなる……」

「カマルがいいと言っているし、甘えたらどうだ？　見るからに、金に余裕がありそうだし。本人も言っているように、気になるなら、あとで返済すりゃいい話だろ」

皆に言い含められる形で、私はカマルに杖を買ってもらってしまった……

ちなみに、杖の修理を諦めたノアは、ヴィオレさんと同じサイズの小ぶりの杖を入手した。

今度は壊さないようにと、注意されている。

その後は、海岸沿いのカフェでお昼ご飯を食べ、カマルも交えて魔物を扱う施設に足を運んだ。

「魔物のいる施設は、『風と緑のエリア』で、魔法都市の北側だ。公園もあって、比較的自然の多い場所だな」

目的地に向かって進みながら、ノアが説明してくれた。

建物の少ない公園を横切り、空を見上げると、たくさんの気球が飛んでいるのが目に入る。

「魔法気球といって、荷運びで使うんだよ」

ミスティが、上を指さして教えてくれるので、私とカマルは彼女の話に聞き入った。

公園を抜けると、魔物のいる施設が見えてくる。牧場みたいな場所だ。

「ここでは、いろいろな魔物を育てたり、保護したりしているんだよ。そうして人に手渡しても大丈夫な魔物を使い魔用に残しているんだ。向こうにある緑の屋根の建物が、手渡し可能な魔物が暮らす施設だよ」

皆について緑の建物に入ると、こちらの中もやはり広かった。

大きめの囲いがたくさん置かれて、種類ごとに分けられた魔物が元気に走り回っている。

「手前の種類別の囲いにいるのが、施設でブリードした魔物だよ。で、奥のいろいろ交ざっている囲いは、保護された魔物たち。保護魔物は、学生証を見せたら無料で譲渡してもらえるんだ。定期的に施設の職員と面会しなきゃならなかったり、何個か条件がつくけど」

使い魔はお利口な子が多く、仲良くなるといろいろ助けてくれるようだ。

「アメリーも、使い魔を選んでみたら？」

「でも、ご飯代がかかるし、医療費もかかるし、動物を飼ったことがないし」

言い訳していると、カマルが私の手を握って言った。

「一緒に飼おう。寮が同じだから大丈夫。僕も使い魔が欲しかったんだ」

「そういう問題!?」

カマルが自分の使い魔を欲しいというのなら、止める理由はないけれど……どうして、こんなにも私に良くしてくれるんだろう。

友達だけれど、ここまでしてくれるのはやりすぎのように思える。

困りつつ施設の中を眺めていると、保護魔物のコーナーの隅にうずくまる小さな猫を見つけた。

「あの子、他の子と様子が違う」

私の視線に気がついたのか、施設の女性職員が話しかけてきた。

「リリースされた子なのよ。前の飼い主のもとで、ネグレクトに遭っていたみたいで」

「ネグレクト？」

「ええ、貴族の学生が入学時に選んだものの、物足りなくなったらしくてね。学生は他の魔物を飼い始め、この子は餌《えさ》をもらえていなかったみたい。惨状を知ってこちらで保護したのだけれど、そのときにはもう心を閉ざしてしまっていて……ああやっていつも隅っこにいるのよ。よほど辛い目に遭ったのでしょうね」

なんだか他人事《ひとごと》とは思えない。

「そんなだから、引き取り手も現れないし。ブリード魔物のコーナーではなく、保護魔物のコーナーに入れているの。私としては、早く新しい飼い主のもとでたくさん愛情をもらって欲しいのだけれど」

私の目は、可哀想な猫に釘付けになった。施設では餌《えさ》をもらえているようで、痩《や》せた状態ではない。むくむく、ふさふさした白くて可愛らしい猫だ。目が宝石のように青い。

「その子が気になるの？　見たところ、学生さんよね？　ぜひ、もらってくれないかしら」

「すみません、私は自分一人の生活で手一杯で――」

「僕たちが、この子を引き取るよ！」

びっくりして隣を見ると、笑顔のカマルが職員に返事をしていた。また、勝手に話を進めるし！

「まあ、ありがとう！」

職員が目に涙を浮かべ、カマルに飼育に当たっての説明をしていく。

今さら、断れる空気じゃない！

どうしようもないので、私は猫を育てる覚悟を決めた。頑張って働こう……

ふわふわの白い猫は、正確にはケット・シーという魔物で、年月を経ると人語を喋ったり、二本足で歩いたりするそうだ。

しばらくすると、ミスティが、もこもこした緑色の子犬を抱いて戻ってくる。

彼女も、保護魔物のコーナーから使い魔を選んだようだった。

「クー・シーっていう種類なの。忠実でフレンドリーな性格なんだよ。成長すると、牛くらい大きくなるんだけど、お利口だから自分で大きさを調節できるんだ」

彼女に抱えられた子犬は、好奇心に満ちた茶色の瞳で周囲を見回している。

ついでに、いつの間にかノアも来ていて、頭の上に茶色のフクロウを乗せていた。

「スパルナ変異種の雛《ひな》だってよ。格好良くね？」

スパルナとは光り輝く美しい翼を持つ鳥型の魔物の一種だ。地域によっては、神鳥としてあがめられている。

もっとも、目の前の雛《ひな》は変異種なので羽の色が違うのだけれど。

こうして、私たちは、三体の使い魔をお迎えしたのだった。

ふわふわのケット・シーを抱っこしたら、とても温かい。

まだ全く懐いていないけれど、縁のあったこの子を大事にしようと思った。

説明を聞いて施設を出る頃には辺りは暗くなっており、宙に浮かぶ蜜柑《みかん》色の街灯が建物の外壁や花壇を照らす。水上にも、幻想的な明かりが灯っていた。

そろそろ門限の時間だ。学園へ帰らなければならないので、ギルドには寄れそうにない。

ミスティが、すまなそうに謝る。

「ごめんね、アメリー。暗くなっちゃったね。ギルド、寄ろうって言っていたのに」

「今度寄るから大丈夫だよ。たくさんのお店が見られて良かった。ありがとう」

一人では鍋も杖も買えなかったし、使い魔にも出会えなかったに違いない。

それに、大勢で街巡りをするのは、とても楽しかった。こんなの、生まれて初めてだ。

私は、今までにない温かい気持ちで帰路についたのだった。

※

休暇を終え、ヨーカー魔法学園での授業が本格的に始まった。

準備を整えた私は、迎えたばかりの真っ白なケット・シーに挨拶して部屋を出る。

寮に移動するまで、カマルが餌《えさ》などの用意をし、私が面倒を見ることになったのだ。

名前はカマルと相談し、「シュエ」と決まった。シュエは男の子らしい。

まだ、全く懐いておらず、今もベッドの下の隙間に潜り込んでいる。覗くと、ふわふわの尻がこちらを向いていた……警戒しているようだ。

外に連れ出せば、さらに緊張させてしまうので、しばらくは部屋から出さないことにした。

登校組の子たちはまだ来ていないようで、静かな学園内の至るところで緑色の旗が朝の風にはためいている。緑はこの国の色だ。

Bクラスの教室は遠い。渡り廊下を通り、校庭を抜けてようやく裏山の前にある教室へ到着する。

扉は開いているが、中には誰もいない。一番乗りだった。

教壇の前にある席に座り、さっそく数冊の教科書を鞄《かばん》から出す。

持ってきた杖は、机に立てかけた。

ヨーカー魔法学園での一日の授業は五限目まで。

その後はクラブ活動なり、アルバイトなり、好きに行動できる。

「えっと、今日の科目は……」

一限目：魔法学園案内（主要施設のみ）
二限目：魔法学基礎（魔法定義、基本的な事象）

三限目：呪文学（呪文を学んで実践）
～昼休憩～
四限目：魔物学（エメランディアに住む魔物と、その生態を覚える）
五限目：薬草学（エメランディアに生える植物と、その用途を紹介）

最初ということもあり、座学中心の内容だったので安心した。

ヨーカー魔法学園エメランディア分校は三年制で、一年目に習う内容は基礎科目が多い。二年目以降は、自分で進みたい方向を決めてクラスや内容を選ぶようである。

実は、私は今日までに教科書の内容を一通り読んでしまっていた。

わからない部分もあるが、おおまかな流れや内容は頭に入っている。

退学させられるわけにはいかないから必死だ。

ペラペラとページを見返して改めて予習していると、眠そうなカマルがやって来た。

Bクラスの教室は、広い割に六人しかいないので、たくさん席が余っている。にもかかわらず、カマルは私の真横に腰掛けた。

「おはよう。早いね、アメリー。シュエは元気？」

「おはよう、カマル。健康に問題はなさそうだけど、ベッドの下から出ないの。慣れるまで時間がかかりそうだね」

「うん、気長にいこう」

話していると、ハイネとミスティもやって来た。彼女たちは、私の後ろの席に座る。

「アメリー、カマル。おはよう！」

「おは……よう……」

ハイネも少し眠そうだった。ミスティは、使い魔のクー・シーを抱っこしている。

「その子を連れてきたんだね」

「エレって名前だよ、生まれて半年の女の子。アメリーの使い魔は？」

「まだ慣れないから、部屋で留守番。連れ回すとストレスになるかもしれないし」

ちなみに、シュエは二歳だという。

ケット・シーは普通の猫よりかなり長生きで、人間と同じくらい生きる。

魔物だから早く大人になるが、それでも五歳までは子供だ。

なのに、初めてのパートナーにネグレクトされて、どれだけ傷ついたことだろう。ゆっくりで構わない。彼なりのペースで傷を癒やして欲しいと思った。

そうしていつか、私に心を開いてくれると嬉しい。

しばらくすると、仏頂面《ぶっちょうづら》のガロが教室に入ってきた。

彼は私を睨《にら》みつけたあと、ガタッと音を立てて少し離れた席に座る。

ミスティがボッチの彼を見て言った。

「ねえ。良かったら、こっちに来ない？　一緒に勉強しよう？」

ガロは、迷惑そうにミスティを一瞥《いちべつ》して答える。

「やめておく。俺は、お前たちと馴れ合う気はない。不正入学女は言わずもがな、貴族に生まれたにもかかわらず、環境に甘えBクラスに落ちるような奴らとはな」

ぷいっと横を向き、教科書を読み始めるガロ。

ミスティは頬を膨らませた。ハイネもガロを睨《にら》んでいる。

「何あれ、感じ悪い」

「呪ってもいい？」

二人は共にご立腹だ。

彼女たちやノアは素行が微妙なだけで、成績が劣《おと》っているわけではない。カマルも自主的にBクラスを選んでいるので、落ちこぼれではない。

けれど、誰も言い訳をする気はないようだった。

気まずい教室の中に、ジュリアス先生が入ってくる。

「うわぁ。ノアの奴、初日から遅刻だよ」

面白がるミスティと、呆れ顔のハイネ。

すると、バァンと教室の扉が開き、ノアが駆け込んできた。

「セーフ!!」

しかし、ジュリアス先生は憮然《ぶぜん》とした顔で告げた。

「アウトだ。遅刻を三回した者には、罰として雑用が科せられるから。今後は気をつけるように」

「げえっ！　マジかよ！」

「生徒間の暴力行為や、学園内外での問題行動にも罰則が適用される。雑用の内容は、掃除から街での奉仕活動まで様々だ」

貴族も平民も関係なしに、罰を受けるようだ。逃げると、さらに重い罰が科されるという。

遅刻の注意もそこそこに、ジュリアス先生は、さっさと一限目の学園案内の準備を始めた。

学園案内では、裏山の手前にある教室から、先生の移動魔法で各施設を回る。移動魔法とは高速で移動する魔法で、足を動かさずとも勝手に体が浮いて宙を進むというもの。転移魔法だと道順がわからないので、移動魔法を使っているようだ。

それでも、一度で覚えられる気がしない。この学園は、方向音痴《おんち》にとって厳しい場所だった。

中央に建てられた城のような校舎、その中にある巨大図書館、各教室と食堂と購買。寮が立ち並ぶ東側の区域、魔法植物を栽培《さいばい》している花壇や温室、飛行演習用の運動場などなど。

他にも、様々な施設を高速で回った。

やっぱり、覚えきれない。ものすごく迷子になる自信がある！

一人で散歩してみるのもいいかも。図書館は、すごく興味深いし。

ようやく教室に戻ってきたときには一限目が終わっており、休憩を挟んで二限目がスタートする。

「魔法学基礎」の授業は座学のため、いつもの教室で行われた。

教壇に立った先生がさっそく授業を開始し、魔法の成り立ちや歴史、図を用いての魔力の流れなど、魔法の基本中の基本について説明していく。

貴族の子供たちなら既に知っている内容だろうけれど……

「この国での魔法属性について、全部答えられるか？」

ジュリアス先生に指名されたガロが、冷めた表情を浮かべた。「なぜ、こんなにも基礎的なことをわざわざ答えなければならないのか」という彼の心の声が聞こえる……気がする。

「光、闇、炎、水、風、雷、土だ。これらはエメランディア独自の定義で、曜日の概念にもなっている」

態度は悪いが、ガロの説明はわかりやすかった。

今まで深く考えていなかったが、エメランディアの属性は無理矢理曜日に当てはめた感が強い。

ちなみに、エメランディアの曜日は七日で一週間。一年は十二ヶ月だ。

予習していたこともあり、内容はすんなり頭に入った。

次は呪文学の授業だが、実際に魔法を使うのは初めてなので、ドキドキする。

最初の呪文学は、学校の指定靴である「浮遊靴」の使い方だった。

一見、普通の靴だが、魔力を流し込むと浮くことができる魔法道具である。

私が今まで触れてきたのは、勝手に魔力を吸い取って動いてくれるタイプの魔法道具だったので、自分から魔力を流すのは初体験。浮遊靴を扱う練習は、移動魔法やボード操作の基本にも繋《つな》がってくる、最初の大事な授業なのだとか。

「最終的には、呪文なしで操作できるようになってもらう。というか、卒業時には浮遊靴なしで浮遊できるのが理想だね。この国の魔法使いは、魔法道具に頼り過ぎだよ」

ジュリアス先生が無茶なことを口走っているけれど、ハードルが高すぎない？

説明もそこそこに、彼は手本を示すべく呪文を唱えた。

「浮け」

すると、簡単に彼の足が地面から離れる。

「これだけだ。今回は魔法媒体を使う必要はない、浮くことができた者から私に見せるように」

……え、それだけでいいの？

呪文なのだから、もっと長い言葉が必要だと思っていた。

家庭教師に習ってきた手順とは異なるらしく、クラスメイトたちも戸惑っている。

兄弟がヨーカー魔法学園に通っていたミスティ曰く、初年度は長い呪文を覚えるのが普通とのこと。でないと、上手く魔法が発動しないみたいだ。

ベテランになるにつれ、呪文を省略したり、呪文をなくしたりできるらしい。

とはいえ、やれと言われたことはやるしかないので、さっそく私は練習を始めた。

「う、浮け！」

しかし、何も起こらない。他の生徒の様子を窺《うかが》うと、それぞれ苦戦して……

「あ、浮いた」

声の方を見ると、カマルが早くも成功していた。さすが、赤薔薇寮から声がかかった生徒！

続いてミスティが浮き上がり、しばらくしてノアやハイネも成功した。

ただ、私は相変わらずである。離れた場所で、ガロも苦戦しているようだ。

どうして、何も起きないの⁉　というか、「浮け」と言っただけで浮くものなの⁉

焦っていると、ジュリアス先生が私に声をかける。

「魔力の流れを意識して、足にためるイメージを持つんだ。それを、靴へ流し込む」

言われたとおりにしてみるが、そもそも、「魔力の流れ」なんて意識してわかるものなのだろうか。魔法学基礎の授業で習った、全身を血と魔力が流れている図を思いだす。

確か、心臓からこう……

魔力の流れを脳内で再現し、それを足に留めるイメージを思い浮かべたあと、一気に靴へ流し込む。

「浮け！」

すると、全身を何かが駆け巡り、足に力が集中する感覚がした。そして……

「わぁあああああああああああああ!!」

すさまじい勢いで、私は空めがけて飛び出した。浮くというか、発射したというか。

これ、やばくない？

パニックに陥《おちい》っていると何かが肩に触れ、体が止まる。

恐怖から閉じていた目を開くと、自分が空中停止しているのだとわかった。これはこれで、怖い。

背後に人の気配を感じて振り返ると、ジュリアス先生が一緒に浮いている。

彼が助けてくれたみたいだ。

「まさか、浮遊靴でここまで飛ぶとは思わなかったな。アメリーは、靴に魔力を流し過ぎだ」

「そう言われましても」

「足にためる魔力量を減らし、靴に流す魔力も絞《しぼ》るようなイメージにするんだ」

「はい……」

先生と一緒に、地上へ転移する。

戻ると、ミスティとノアが、私を指さして爆笑している。ハイネも微妙に肩を震わせているし。

「すげぇ！　俺、あんな風にぶっ飛んでいく人間、初めて見た！」

「浮遊靴って、あそこまで飛べるの⁉　私もやってみようかな！」

「アメリー、無事で良かった……けど、ふふっ……ちょっと面白かったかも。ノアがこっそり乗ったボードを暴走させたときくらい。あのときも、ボードだけが勝手に走っていって……」

地味に酷いが、このような失敗は魔法練習につきものらしい。

ガロの方を見ると、いつの間にか浮遊に成功していた。

……駄目じゃん、私。最下位だよ。

その後、しばらく苦戦し、なんとか時間内に浮遊することができた。

空中発射は、魔力過多の影響らしい。指輪で抑えていても、私の魔力はかなり多い部類のようだった。

全ての授業が終わると、私は部屋に戻ってシュエに夕飯をあげた。

シュエはまだベッドの下でお尻を向けているが、朝食を完食している。私がいないときに、こっそり食事をしているのだろう。食欲はあるので、ちょっと安心した。

「さて、放課後は何をしようかな」

とりあえず、アルバイトを紹介してくれるという「学生課」へ行ってみることにした。

以前、マンダリンさんに教えてもらったのだ。お金、大事！

生徒にアルバイトや研修の場を紹介する「学生課」は、校舎の一階にある。部屋から校舎は見えるので、その方向へ歩いていった。

途中、Ａクラスらしき一団を発見した。サリーが交じっていたので、たぶんそうだと思う。

数日ぶりに見るサリーは、貴族のイケメンに囲まれていた。

グロッタにいた頃と、よく似た光景だけれど……

彼女は、女友達より男友達の方が多い。それも、なぜかイケメンばかりとつるんでいる。

本人は知らないようだが、そのうち全員がサリーに気があった。

サリーたちは、笑いながら渡り廊下を歩いていく。向こうは、私に気づいていないみたいだ。

「私、赤薔薇寮からスカウトが来たのよ。でも、上手くやっていけるか自信がないわ」

「サリーなら大丈夫だよ！　素晴らしい才能の持ち主だもの！」

「そうですよ。魔力量だけでなく、希少な質もお持ちですし！」

「ああ、俺たちが保証する。君は、赤薔薇寮で十分活躍できるさ！」

「皆ぁ、ありがとう～！」

彼らは、ははは と爽やかに笑いながら去っていく。

……サリーは赤薔薇寮に行きそうだな。

平民でも入寮できるのが意外だったが、国が認めた人材ならありなのかもしれない。

気を取り直し、校舎内へ向かう。「学生課」は細い廊下をくねくねと進んだ先にあった。

周囲は薄暗く、あまり人のいない雰囲気だ。意外と、利用者が少ないのかな？

とりあえず、素朴な木の扉をノックしてみた。返事はないので、そっと開けて中に入ってみる。

「すみません、あの、アルバイトを探しに来たのですが」

中は、壁一面に張り紙の貼られた部屋だった。棚には、フクロウがずらりと並び首を傾《かし》げている。

……フクロウに見えるだけで、これもスパルナ変異種だったりして。

ノアの持っている使い魔も、ほとんどフクロウのような見た目だ。

「あの、誰かいませんか？」

古びた室内には、くたびれたソファーと木製のカウンターがぽつんと置かれている。

すると、カウンターの向こうから、間延びした声が聞こえた。

「はいは〜い、珍しいね。学生課にアルバイト探しなんて」

現れたのは、赤銅色《しゃくどういろ》の長い髪を束ねた男性だった。肌の色がカマルと同じ琥珀色《こはくいろ》の彼は、腕に目立つタトゥーを入れていて、二十代半ばに見える。砂漠大国の人かな？

「あの、学生課の職員さんですか？　私、アルバイトをしたくて」

「はいはい、アルバイトね。今、学生課の職員が体調を崩していて、俺は代理なんだ。ほぼ貴族の学園だから、ここはめったに人が来なくて……退屈だったんだよねえ。君、新入生？　名前は？」

「アメリー・メルヴィーンといいます」

「へえ、アメリーちゃんね。メルヴィーン商会姉妹の姉の方でBクラス。魔力過多で、授業中に空に向かって飛び出した子」

「……よくご存じで」

不正入学の噂で、私の名前はある程度有名だ。

けれど、今日の出来事まで筒抜けなんて、ちょっとびっくりする。

「警戒しないで。実は親戚がこの学園にいるんだよ。君のお友達の……」

「もしかして、カマル？」

「そうそう。可愛い親類が留学して心配していた矢先、学生課職員の募集があってさ。応募したら通っちゃった。この学園、簡単に俺なんて採用しちゃって大丈夫なのかなぁ」

「……カマルの親戚なら、ちゃんとした貴族の人ですよね？」

質問すると、彼は何も答えずにっこり笑った。怪しい人だ。

でも、ここはヨーカー魔法学園の分校なのだから、変な人は採用しない……はず。

「俺はトール。こう見えて、ヨーカー魔法学園の本校に在籍していたこともあるんだよ。じゃあ、さっそく学園に来ているアルバイトを紹介しようか」

「よろしくお願いします！」

トールさんが手を掲げると、空中に文字が浮かび上がる。

「うーん、平民の新入生だし……このあたりかなっと」

彼が手を下げると、カウンターの上に三枚の紙が置かれていた。

・薬草集め（詳細は冒険者ギルドにて説明）
・魔法喫茶《きっさ》（接客・長期：試用期間一ヶ月）
・果実収穫（魔法農園での作業：一日のみ）

「魔法喫茶《きっさ》の仕事内容は給仕補助だから、魔法が使えなくても大丈夫。長期勤務になるね。果実収穫は学園の休日が作業日だ」

……と言われても、外で働いた経験のない私には、どれがいいのかわからない。

「お勧めは、薬草集めと果実収穫かな。魔法喫茶《きっさ》は収入が多いけれど時間の融通《ゆうずう》がきかないから、新入生が続けるのは大変だよ。やるなら、慣れてからの方がいい」

「わかりました。では、薬草集めと果実収穫を——」

そう言いかけたとき、大きな音を立てて後ろの扉が開かれた。

驚いて振り返ると、扉の前にカマルが息を切らして立っている。

「おじさん！　僕に黙って学園の臨時職員になるなんて、一体何を考えているの⁉　僕を心配して学園を訪問するとしか聞いていないよ？　……って、アメリー？　どうして学生課に？」

ハッと我に返った様子のカマルを見て、私はいろいろ察してしまった。

とりあえず、彼にここへ来た経緯を説明する。

「お金が必要だから、アルバイトを探しに来たの。それにしても『おじさん』って？」

トールさんは若いのに、おじさんは可哀想だ。けれど、彼自身は気にしていないようで、笑顔で応えていた。

「俺は可愛い大甥《おおおい》が心配だったんだよ～。魔力暴走を起こしてすぐの留学だったし？」

「ジュリアスに新しい指輪をもらったから平気だよ。前のは暴走時に破損しちゃったけど、それまでは普通に魔法を使えていたし」

私は二人の会話を聞いて叫び出しそうになる。

待て待て待て、突っ込みが追いつかない。大甥《おおおい》って？　魔力暴走って？

あんぐりと口を開けた私の頭上に、近くを飛んでいたフクロウが着地した。

恐る恐る、トールさんに質問してみる。

「トールさん、二十代ですよね？」

思わず漏れ出た私の質問に、カマルが赤と青の目を見開く。

「アメリー、魔法使いの外見年齢を信じちゃ駄目だよ？　力の強い魔法使いは、若作りなんて当たり前にやっているんだから。エメランディアでは稀《まれ》かもしれないけど、中には寿命を延ばしている人もいるし」

魔法使いの常識は、私の中の非常識らしい。二人は興味深そうに私を眺めていた。

頭上のフクロウが飛び立ち、天井から吊り下げられたランプが羽に当たって揺れる。

「ところで、アメリー、この紙は何？　薬草集めに魔法喫茶《きっさ》、果実収穫って？」

「アルバイト先が書かれているんだよ。私、薬草集めと果実収穫をやってみるの」

「それなら、僕も一緒にやりたいな。アルバイトをやったことがないから」

それはそうだろう。貴族がアルバイトをするなんて、聞いたことがない。

身内であるトールさんは反対するだろうと思いきや、あっさり頷いた。

「じゃあ、カマルもアメリーちゃんと一緒に申し込むよ？」

「うん、よろしく」

学生課に来るアルバイトの依頼は、十三歳の子供でも可能な仕事内容だ。

賃金は安いけれど、内容が易しく時間的な融通《ゆうずう》がききやすいという。

「で、おじさんはいつまで『学生課』にいるの？」

カマルが胡乱《うろん》な目でトールさんを見た。

「もとの職員が復帰するまでだよ。いつになるかはわからないけどねえ？」

そう言って、トールさんはニヤニヤと笑う。整った顔立ちなのに、どこか胡散臭《うさんくさ》い人だ。

「果実収穫については、僕から農園へ連絡を入れておくよ。薬草集めについては、冒険者ギルドに足を運んでもらわなきゃいけない。初期登録が必要なんだ」

登録は、学生証を見せれば無料でできるみたいだ。

冒険者ギルドに籍を置いておくと、実績に応じて、割の良い仕事がもらえる例もあるらしい。

「頑張るぞ！」

一人で冒険者ギルドまでたどり着けるか心配だったので、カマルと一緒なのは心強い。

せっかくなので、暗くならないうちにギルドへ出向くことにする。

前に出かけたときと同じ正面の門から、私たちは魔法都市に出発した。冒険者ギルドは、街の中央より少し南に下ったところにある。学園からは、割と近いはずだ。

トールさんからもらった地図を頼りに、私とカマルは冒険者ギルドへ向かった。

「確か、ここの道をまっすぐ……うわあっ！」

歩いていると、すぐ横の建物から、大量の湯気が噴き出してきた。

色とりどりな湯気で、フローラル系のいい匂いがする。フルーツやウッド系の香りも。

「アメリー、ここ、公衆浴場みたいだよ。エメランディアの魔法都市は面白いね」

「びっくりしたよ」

公衆浴場には、たくさんの魔法使いが出入りしている。お年寄りが多いようだ。

この日も歩道沿いの街灯は宙に浮いていて、水路には花が咲いている。

建物の壁からは人工的な滝が流れており、見れば見るほど不思議な場所だ。

足下の石畳の隙間から、謎のキノコも生えている。

白い石の階段を上ったり、坂道を下ったりしていると、大きな建物が現れた。建物というか、横に幅広い大樹だけれど。

「地図によると、これが冒険者ギルドみたいだね」

背の高い建物が多く、近くに来るまで見えなかった。大樹の枝にはたくさんのランプが吊り下がっている。

開け放たれた両開きの入り口から大樹の中に入ると、正面に建物案内の看板が置かれていた。

「冒険者ギルドは五階建てで、仕事の受付は一階。登録などの事務作業は二階、品物の買い取りなどは三階で、その他は四階。五階は立ち入り禁止エリア」

冒険者ギルドの向かいには白い小さな洞窟《どうくつ》があり、そこは酒場になっている。酒場では、冒険者同士のやりとりができるようだった。

カマルは、興味深そうに建物の中をキョロキョロ見回している。

冒険者と思われる人々が、カウンターでやりとりしていた。掲示板には募集中の仕事内容が書かれた紙が貼られており、床の上には彼らが連れている使い魔もいる。

「とりあえず、二階へ行って登録しよう」

「そうだね」

学生証を持ち、エレベーターの役割を果たす緑色の魔法陣に乗る。

二階は一階よりも静かで落ち着いた雰囲気だった。ソファーやカウンターが並んでいて、カフェみたいだ。観察していると、職員の青い制服を着て、シルクハットを被った受付のおじさんが声をかけてくれた。

「登録かい？」

「はい、学生証を持ってきました。この仕事を受けたくて」

私は学生証と「薬草集め」の依頼が書かれた紙を提示する。

カマルも自分の学生証を出した。

「へえ、ヨーカー魔法学園の学生さんかあ。嬉しいねえ、あそこの学生さんは、あまりギルドの依頼を受けてくれないから」

ソファーに座って、順に手続きを進めていく。

初めてのアルバイト登録で落ち着かない私を、カマルが微笑みながら眺めていた。

用紙に名前を記入したり、口座を作ったり、魔法道具で写真を撮ったり……

驚くべきことに、この国ではギルドが銀行を兼ねている。

しばらくすると、受付のおじさんがカードを持ってきた。

「これがギルドカードだよ。学生証に挟んでおくね」

「ありがとうございます」

「仕事を受けたいときは、一階で依頼書とカードを一緒に提出すること。買い取りを依頼するときにも提出してね。お金の出し入れもできるよ」

白いカードには、顔写真やプロフィールの他に、「種」と書かれている。なんだろう？

「それは、ランクだよ。エメランディアの基準で、『種』から始まり、実績を積むことで、『根』、『葉』、『花』、『実』と階級が上がっていく。それだけ仕事内容も難しくなるんだ」

どれだけ実力がある人でも、最初は「種」からのスタートだ。実績を積んでいくと、カードが光るらしい。その状態でギルドが主催する昇級試験を受けると、次のランクへ行ける。

「最初は、薬草集めや鉱石拾い、ギルドに持ち込まれる簡単な雑用がメインだよ。そういえば、薬草集めの依頼書を持ってきていたね。初めてだから、今回はここで説明がてら、仕事依頼の手続きをしよう」

「はい、よろしくお願いします」

「ヨーカー魔法学園に出していたのは、クルクル草とカムカム草の採取だね。今の季節なら、どちらも見つけやすい薬草だよ。クルクル草は傷薬に、カムカム草は魔力回復薬に使われるんだ。報《ほう》酬《しゅう》は採取量に応じて変わるけれど、このバケツ一杯で二千メリィかな。品質がいいと報酬《ほうしゅう》がアップするぞ。コツは若い葉を選んで摘むこと」

彼が出してきたのは普通の銀色のバケツだが、実は魔法道具だそうだ。

「バケツに薬草を入れると、自動的にギルドに転送されるよ。報酬《ほうしゅう》は登録した口座に振り込まれるからね。それから、このバケツは縮小してブローチ型にできるから、移動の際は服につけておくといい」

「ありがとうございます、頑張ります！」

あまり稼げなそうだけれど、採取時間は自由みたいだ。こつこつ摘めば、小遣いになる。

「ギルドの四階に、国内の森へ転移できる魔法陣があるよ。他にもいろいろな場所へ飛べる魔法陣があるから活用するといい」

「まだ夕方だし、少しだけ薬草を摘んで帰ろうかな」

転移の魔法陣を使えば、時間が節約できる。放課後に働けそうだ。

受付のおじさんにお礼を言い、私とカマルは四階へ向かう。

魔法陣型のエレベーターに乗り、四階に到着すると、たくさんのドアが等間隔で並んでいた。

それぞれの扉には、行き先が書かれた札がかかっている。

「カマル、説明書には……『ココノの森』って書いてあるね。同じ名前の札を探そう」

うろうろしていると、奥にいたカマルが声を上げた。

「あったよ！　左の黄緑の扉だ」

さっそく二人で扉を開けると、中は小部屋になっており、ドアと同色の魔法陣が光っていた。

乗ってみると、一瞬で周囲の景色が変わる。

たくさんの木々に湿った緑の匂い、澄んだ風に鳥の声。ココノの森に到着したようだ。

どうしてだろう……明るい森の中にいると、どこか懐かしい気分になる。

「クルクル草とカムカム草の絵は、説明書に書いてあるね。蔓《つる》が渦巻いている緑色のがクルクル草、ギザギザの葉の赤いのがカムカム草」

「同じバケツに入れちゃって大丈夫かな？」

「たぶん、転送の他に仕分けの魔法が施されているんじゃないかな。そういうアイテムは多いよ」

「カマルは、魔法に詳しいね」

「うちの国は、様々な魔法道具が出回っていたからね。エメランディアみたいに、王都以外の平民が魔法を知らないというのは特殊だよ。自然に恵まれているし食料も豊富だからか、必要最低限の魔法道具で、なんとかなってしまうのだろうね」

ヨーカー魔法学園に入ってから、私は他国の人と会う機会が増えた。

カマル、ジュリアス先生、トールさん……

彼らの考えは、多くのエメランディア人とは違っていて、今まで信じていた常識が国内限定のものだと気づかされる。学園を卒業して機会があれば、外国へ行ってみたい。そんなお金はないのだけれど。

日の光が当たる、明るい夕方の森では、様々な小動物の姿が見られる。

この森で危険な魔物は発見されていないと説明書に書いてあった。

星のような白い花が地面を広く覆っており、どこからか桃色の綿毛も飛んでくる。

少し歩くと、開けた場所に出た。

木々は途切れ、夕焼け空が広がっている。白い花は、夕日を浴びて橙色《だいだいいろ》に染まっていた。

「アメリー、あったよ！　クルクル草だ」

カマルが地面を指さして言った。

花に交じって、クルクルとした小さな蔓《つる》植物がたくさん生えている。

「カマル、すごい！　暗くなる前に、ぱぱっと摘んでいこう！」

私たちはその場にしゃがみ、いそいそとクルクル草を集め始める。

魔法陣から近い場所なので、迷子にもならなそうだ。二人で喋りながら草を摘むのは楽しい。

「アメリー、恐ろしい勢いでむしっていない？」

「一メリィでも多く稼ぎたいからね！」

私の鬼気《きき》迫る仕事ぶりに、カマルは驚いた様子。クルクル草は、バケツに入れてしばらくすると消えていく。都度、ギルドに転送されているようだ。

そうして、一日単位で自動的に口座へ報酬《ほうしゅう》が支払われる。

「ねえ、これ……草以外のものを交ぜたらどうなるのかなあ」

「仕分けされて金額に反映されないかもね」

魔法道具について話をしながら、黙々と草をむしる。

「カマルは貴族なのに、薬草取りなんてして平気なの？」

「僕は昔から、こういう作業は好きだよ。懐かしいな……小さな頃、こうして友達と一緒に森で花を摘んだ」

砂漠大国に行ったことはないけれど、乾いた砂地が延々と続いているイメージがある。

「あの国にも森があるの？」

私が尋ねると、カマルは曖昧《あいまい》な笑みを浮かべる。

「アメリーは、森で遊んだりしなかったの？」

「グロッタの森で木の実を採ったことはあるよ。それくらいかな」

「……そっか」

なぜだろう、カマルの表情が、どこか哀しげに見えた。

そのあとも二人で黙々と草を摘んでいく。

あっという間に時間は過ぎ、私たちは予想より多くのお金を稼ぐことができた。

四　黒撫子寮へようこそ

翌日、黒撫子寮から通知が来た。朝一番に、アヒルが持ってきたのだ。

いつもと違って落ち着きのないケット・シーのシュエが、玄関の前をうろうろしており、気になって扉を開けると、目の前に黒い封筒をくわえた謎のアヒルがいたのである。

……魔法都市のアヒルだから、本当にアヒルなのかは疑わしいけれど。

用事を済ませたアヒルは、お尻をフリフリさせながら、悠々と校舎の方へ去っていった。

同じくシュエもベッドの下へ戻っていく。

さっそく封筒を切った私は、中の手紙を読んで歓声を上げた。

「やった！『アメリー・メルヴィーンの入寮を許可する』って、書いてある！」

最後の受け皿と聞いてはいたけれど、どこの寮からも拒否されたらどうしようと気が気でなかった。クラスメイトたちと一緒に寮生活ができるなんて夢のようだ。

「続きは……『今日から、一週間以内に入寮すること。部屋などの詳細は寮長に確認すること』かぁ。荷物も少ないし、引っ越しはすぐにできそうだな」

街で買い物した品を含めても、私の荷物は大きな旅行鞄《かばん》一つぶん。

「とりあえず、授業を受けるのが先。引っ越すのは放課後にしよう」

通学用の鞄《かばん》に教科書と文房具、杖とボードを詰めて教室へ向かう。使い始めてから知ったが、この鞄《かばん》も魔法道具で、中に入れたものが手のひらサイズに縮小される魔法がかかっていた。

教室での話題は、やはり寮のことだ。

「おはよう！　ねえ。アメリーは、入寮通知、届いた？」

私を見つけるなり、ミスティが話しかけてくる。

「朝一番に届いたよ。アヒルがくわえて来た」

「うちはペリカンだったよ。手紙が口の奥に入っていたから、取り出すのが大変だった」

「ミスティは、普通の動物と魔物の区別がつく？」

「手紙の配達で使われるのは、大抵は普通の動物だよ。魔法で訓練されているんだ。魔法都市内で魔法使いが連れている使い魔以外は、普通の動物だと思えばいいかな」

生き物に詳しいミスティが言うのなら、そうなのだろう。

「で、どうだった？　黒撫子寮なら、入寮許可が下りたでしょう？」

「うん、入れたよ！　ほら！」

私が鞄《かばん》の中から手紙を取り出すと、ミスティも黒い封筒を見せる。

彼女と一緒の寮に入ることができて嬉しい。

はしゃぐ私を、離れた席にいるガロが冷めた目で眺めていた。

彼の机の上には、見せつけるように青い封筒が置いてある。体育会系の青桔梗寮に決まったようだ。

他のクラスメイトも黒い封筒を持っていた。

ガロ以外は全員、黒撫子寮から許可が下りたみたいだし、入寮が楽しみすぎる。

放課後、さっそく荷物をまとめた私は、シュエを抱っこして黒撫子寮を目指した。

学園案内の授業では寮まで回りきれていない。けれど、入寮通知には親切にも地図が同封されており、簡単な説明も書かれていた。

これを見ると、全ての寮が学園の敷地の南東側に建っている。

ちなみに、私が滞在していた客室は北東側にあり、客室と寮のエリアの間には、東門へと繋《つな》がる大きめの道が通っていた。この学園には、表門の他にも複数の出入り口がある。

道を横切ると、正面に温室と花壇が見えた。ここでは、実験に使う魔法植物や薬草を育てている。花壇には虹色の花びらを持つ不思議な花がたくさん植わっていた。

温室を通り過ぎると、すぐ近くに白百合寮が建っている。

その向かい側には、赤い薔薇に囲まれた謎の豪華な建物が……！　地図によると赤薔薇寮らしい。

白百合寮の隣には青桔梗寮があった。道を挟んで屋根つきの大きな訓練場も建っている。

説明によると、訓練で怪我をした青桔梗寮の生徒が、白百合寮の生徒に診てもらうことも多いとか。青桔梗寮のさらに奥は、黄水仙寮だった。この向こうに黒撫子寮が建っているはず！

黄水仙寮の横にある小道を越えると、大きめの古い小屋が現れた。

小屋……ん……？　小屋…………!?　あれ？

立ち止まって、よく地図を確認してみる。隅々まで目を凝らしてみたが、現在地に書いてあるのは「黒撫子寮」という文字のみ。

向かい側には、畑と魔獣飼育場があるだけで、他に建物は見えない。

ここが黒撫子寮で確定のようだ。なんということ！

恐る恐る小屋に近づき、古びた扉をノックしてみるが返事はない。

どこからともなく飛んできた小さなフクロウが、入り口についているランプの上にとまった。

深呼吸し、そっと扉を開けてみると、薄暗い室内が目に入る。

玄関ホールのつもりだろうか、殺風景な空間が広がっていた。

天井にはドライフラワーや唐辛子《とうがらし》、謎の根っこが吊るされ、飾り棚には木の実を詰めた瓶《びん》がたくさん置かれている。

「あのぉ～、ごめんください。誰かいますか？」

返事はない。奥に二つ目の扉があったので、それも開けてみた。

「あの……っ⁉」

言いかけて、私は思わず息をのんだ。目の前に、信じられない空間が広がっていたからだ。

温かな木の壁に魔法陣の書かれた綺麗な絨毯《じゅうたん》、カントリー調の家具類。

ぼろ小屋の面影は、完全に消えている。

そっか……！　魔法都市のお店と一緒だ！

この街には、外観と中が大きく異なる建物が多いという。寮も、そのうちの一つだったらしい。

「あれー、見ない顔だな。新入生？　うちの寮に来る子？」

キョロキョロしていると、さらさらの赤髪で垂れ目、左目の下に泣きぼくろのある人懐っこそうな少年が現れる。

「寮長には、もう会った？　なんて名前？　どこ出身？　あ、それ、ケット・シーじゃん！」

矢継ぎ早に質問され、私はアワアワと後退した。質問の度に、彼がグイグイと近づいてくるので。

「新入生の、アメリー・メルヴィーンです。今来たばかりで、寮長さんには、まだ……」

答えながら圧倒されていると、再び後ろの扉から人が入ってきた。

「ただいま〜、あらあら？　リアム、また女の子をナンパしているの？　困った子ねえ」

おっとり話す少女は、私を見てパチパチと瞬《まばた》きする。

杏《あんず》色の髪を編み込み、後ろでお団子にしている上品な雰囲気の生徒だ。

「あなた、新入生？　黒撫子寮に入る子？」

「寮長、それ、俺がもう聞いた。うちの新入生で間違いないよ。アメリー・メルヴィーンちゃん」

「そうだったのね。アメリーちゃん、私は黒撫子寮の寮長をしているオリビアというの。三年生よ、よろしくね」

「俺はリアム、ここの二年生だよ」

私も、オリビアさんやリアムさんに挨拶する。嫌がられてはいない様子なのでホッとした。

寮へ入れたものの、実家でのときのように扱われたら、かなり辛いので。

「ようこそ、黒撫子寮へ！　それじゃあ、お部屋に案内するわねえ。寮の説明も」

「寮長、それなら俺が！」

「まずここは、本物の玄関ホールね。表のはフェイクなの。余計な輩《やから》が憩《いこ》いの場に入ってこないように」

「寮長、俺が！」

「この奥は談話室。どの学年でも、自由に使ってくれて構わないわ」

「さらに奥が寮の食堂ね。赤薔薇寮には、専属のシェフがいるのだけれど。黒撫子寮の食事は、食堂やカフェのものが転送されてくるわ。カウンターの上のベル型の魔法道具で注文できるから、こちらも好きに使ってね」

先ほどからリアムさんが、ものすごく会話に入り込んでくるのだが、寮長のオリビアさんは見事にスルーしていた。

「二階は男子生徒の部屋が並んでいて、三階は女子生徒の部屋があるの。行き来は自由だけれど、リアムみたいな子もいるから気をつけてね～」

「ちょ、寮長!?　俺に気をつけろって、どういう意味……!?」

「寮長！」

なんだかんだ言いつつ、リアムさんもついてくる。

歩いていると、私の部屋に到着した。ごく普通の、八畳ほどの一人部屋だ。

隅に木のベッドと勉強机とクローゼットがある。

「アメリーちゃん、ここがあなたの部屋よ～。好きに改造してね～」

「改造？」

「ふふふ、黒撫子寮は部屋の改造が自由なの。魔法で拡張するもよし、魔法道具を取り付けるもよし。いろいろな魔法を授業で習うから、ぜひ部屋の改造に活かしてみてね～。ただし、卒業時にはもとに戻せる範囲で」

私は、そっとシュエを床に置く。

シュエはさっそく、新しい部屋を探検し始め……そして、やはりベッドの下へ潜り込んだ。

「この寮には、何人の生徒がいるのですか？」

「あらあら、黒撫子寮のメンバー紹介がまだだったわねぇ。といっても、それほど多くないのよ～。寮長の私と副寮長と他一人の三年生、リアムを含めて二年生が三人、一年生はあなたを入れて五人。合計で十一人ねえ」

予想よりも少ない。最後の受け皿なのに。

「今はいないメンバーが多いけれど、一週間後に歓迎会を開くから。そのとき、全員に会えるわ」

どんな人がいるのか、ちょっとドキドキする。

一般的に集団生活の場である寮にはルールがある。ここ黒撫子寮も例外ではない。

私は部屋で荷物を整理すると、新入生に配られる「寮生活のルール（黒撫子編）」の冊子を熟読した。

・自分の部屋は自分で掃除すること（掃除道具は倉庫の中。魔法を使ってもよし）
・共用部分の掃除は清掃員（ブラウニー）が行うので邪魔しないこと。毎晩、コップ一杯のミルクを忘れずに。
・他寮生の迷惑になる行動は慎《つつし》むこと（できる限り）
・監督教師の指示に従うこと（可能な範囲で）

他にもいろいろ書いてあるけれど、なんというか全体的にゆるい。そして、謎ルールがある。

ブラウニーってなんだろう？　お菓子？

首を傾《かし》げつつ、冊子の続きを読んでいく。

各寮には、生徒たちを監督する教師が一人つくようだ。今年の黒撫子寮の監督教師はジュリアス先生だと寮長のオリビアさんが言っていた。知っている人が監督教師で安心できる。

ふと、シュエがベッドの下から出てきて窓の外を見た。

つられてそちらに視線を移せば、窓枠付近で茶色の毛玉がもそもそと動いているのが目に入る。

「何、あれ……」

確かめようと立ち上がると、茶色の毛玉は一瞬にして視界から消えてしまった。

その後、私は、ことの顛末《てんまつ》を談話室にいたオリビアさんに報告した。

もし、窓の外に現れたのが悪い毛玉だったら大変だからだ。

しかし、彼女は穏やかな微笑を浮かべて言った。

「それは、ブラウニーよ～。新入生を見に来たのね～」

「ブラウニーって、冊子に載っていた？　お菓子じゃ……ない？　でも、ミルクって書かれていたし」

混乱から思わず声を漏らすと、オリビアさんの柔らかい微笑みがゆがみ、やがて……

「あはははは！　お菓子！　ぶぁははははは！」

今までのおっとりした彼女からは想像できないほど、大きな笑い声が響く。

驚いたリアムさんが、二階から一階へ下りてきたくらいだ。

「っふふふ、ごめんなさいね〜。あまりにも突拍子もないことを言うものだから。そうよね、魔法都市以外ではブラウニーを見かけないわよね。ふふふ……」

彼女の豹変《ひょうへん》ぶりに戸惑う私を見て、リアムさんが小声で説明する。

「寮長はさ、田舎の漁村出身の平民なんだ。貴族たちに馬鹿にされないよう、普段はお上品に振舞っているわけ。でも、寮内だと油断して……たまにああなる」

「リアムさんも平民ですか？」

「俺は、貴族だよ。問題児扱いされている不良貴族」

脳内にクラスメイト三人組の顔が浮かんで消えていった。

「この寮はさ、平民と問題児と偏屈者の巣窟《そうくつ》なんだ。アメリーちゃんは平民？」

「はい、そうです。今年、私以外の一年生で黒撫子寮に入る子は、皆貴族ですけど」

「ということは、平民特別枠の他の二人は他寮なのか……珍しい年だな。普通は、平民は受け入れ先がなくて黒撫子寮に来るんだよ」

「そうなんですね。でも、二年生は三人で、リアムさんは貴族ですよね？　平民特別枠は三人だから」

「ああ、去年入学した平民生徒は二人退学したんだ。だから、二年は二人が貴族で一人が平民。三年生も平民が一人退学しているよ。やっぱり、入学までとの環境が違いすぎて、授業についていくのが辛いんだろうな。他には、この学園が嫌になって、ある程度魔法を覚えた時点で独立する奴もいる」

ヨーカー魔法学園で平民が生き残るのは、思った以上に大変そうだ。

頑張らなければと気合いを入れ直す。

しばらくすると、笑いの海から脱出したオリビアさんが、ブラウニーについて教えてくれた。

「ブラウニーは、小さな魔物の一種よ～。両手で抱えられる大きさで、全身が茶色の毛に覆われているわ。手出ししなければ、悪さはしないし安心して」

「あの、ブラウニーは清掃員って書いてあったんですけど、モップとして使うんですか？」

この質問で、オリビアさんはさらに五分間笑い続けることになる。

そうして、ようやく復活した彼女は、続きを説明してくれた。

「違うわよ～。ブラウニーは黒撫子寮に居着いていて、ミルクを対価に家事を行ってくれるの。黒撫子寮では、共用部分の家事全般ね。気まぐれで他の世話も焼いてくれたりするわ。ただし、ミルクを置き忘れると気分を害して寮生にいたずらするから気をつけないと」

「いたずら、ですか……」

「昨年は、全寮生の靴下のかかとに穴を開けられたわ。監督教師のひげそりクリームをピーナッツバターとすり替えたこともあるわね」

私はオリビアさんに向かってコクコクと頷いた。

地味に困るいたずらをする魔物である。貴重な靴下に穴を開けられたらたまらない。

そのあとは、三人で食堂の料理を注文し、一緒に夕食を食べた。

寮での初めての夜は、優しい思い出として私の心に刻まれた。


翌日の呪文学の授業は、初めての飛行演習――ボードに乗る練習だった。

浮遊靴での練習を終えたので、次のステップへ移行するようだ。

Bクラスの教室の外は、広くて何もない空き地である。

少し奥へ行くと、広葉樹が生い茂る裏山になっていた。

Aクラスは訓練場や競技場で練習できるが、Bクラスはここしか使用できない。未熟な魔法で学園内の建物に損害を与えてはいけないからという理由からだ。教室から近いし、私は空き地の方が便利だと思う。

ジュリアス先生や他の生徒たちと外へ出て、マンダリンさんにもらったボードを地面に置く。

古びたデザインの素朴な黄色のボードは、割と気に入っていた。

ミスティとノアは最新型のおしゃれなボードを、ハイネとカマルは高級感漂う上品なボードを持っている。ガロは、どこかいびつな形の青いボードを手にしていた。

いつにも増して彼は不機嫌そうで、こちらと目を合わせようともしない。

クラス内で、ガロは孤立していた。彼が冷たいのは私にだけではなく、クラスの生徒全員。

仲良くできるに越したことはないけれど、声をかけてもきつい言葉が返ってくるだけで、取り付く島がないという印象だ。

ジュリアス先生の説明が終わり、生徒全員で実践に入る。

まずは、浮遊靴でボードの上に乗り、ボードごと宙に浮き上がる練習を行う。

「浮遊靴にボードを密着させて飛ぶイメージで『浮け』と唱える。ボードと靴が一体化するような感覚になるのが理想だ」

今度は空に向かって発射しないよう、慎重に足に魔力を流す。

新入生なので、教師のいない場所での勝手な練習は禁止されているけれど、イメージトレーニングだけは毎日頑張ったのだ。

その甲斐《かい》あって、私は比較的早く浮くことに成功した。ボードはしっかり足に張り付いている。

「やったね、アメリー！」

隣では笑顔のカマルが宙に浮いていた。前回も一番に浮遊を成功させた彼は、今回も優秀だ。

「さすが、カマル……早いね」

しばらくすると、ミスティやハイネ、ノアも問題なく浮き上がる。

ボードを使うのは初めてらしいけれど、魔法についての勉強はしていたためか、全員コツを掴むのが上手い。

ただ、ガロだけは苦戦していた。むっつりと口を閉じる彼の表情に、僅《わず》かに焦りが見える。

「浮くことができた者は、その状態を維持するように」

集中を切らせば、せっかく浮いたボードが落ちてしまう。私は注意深く魔力を流し続ける。

ジュリアス先生が、苦戦しているガロに話しかけた。

「魔力操作は上手くできている……となると、ボードが原因だな。君の手作りか？」

問いかけられた瞬間、ガロの顔が朱に染まった。歯を食いしばりながら、自らを恥じるように俯《うつむ》く。その様子を見た私は、彼の事情を察してしまった。

ガロもまた、ボードを買うお金がなかったのだ。

「これは、村を出る際にもらったものだ。詳しくは知らない」

見栄を張ろうと強がっているのが、ありありとわかる発言だった。

「俺のボードが問題なのか？」

「そうだな。ボードとして売られている商品は全部、魔法道具職人が作ったものだ。一見、普通の木の板に見えるだろうが、製作工程で特殊な材料や魔法を使用している。君のそれは、ただ木の板を彫っただけだ……飛行には向かない」

唇を噛みしめたガロは、ボードを放り出して裏山へ駆け出した。ジュリアス先生が慌てて彼を追う。

「ガロを連れ戻してくる！　君たちはボードの練習を終えて、教室で自習しているように！」

初心者だけで、勝手な飛行練習をすることは禁止されている。

私たちはボードから降り、それを抱えて二人が走り去った方角を見た。

「大丈夫かな」

ミスティは心配そうに木々の向こうを見つめている。

「今できることはねえよ。あいつだって、俺らに同情されたらプライドが傷つくだろ。余計に嫌がりそうだ」

「それもそうね。知らないふりが……最善……」

ノアとハイネは、ミスティを回収して教室へ向かう。

草の上に投げ捨てられたガロのボードを拾った私は、カマルと彼らに続こうとした。

カマルがさりげなく、私の腕からガロのボードを奪う。

「僕が持つよ。アメリーよりは、力持ちだと思うし」

「あ、ありがとう」

全く理由がわからないけれど、カマルは出会ったときから私に親切にしてくれる。

他の生徒には、それほどでもないのだけれど。平民だから、気にかけてくれているのかな。

「ねえ、カマル。どうして、そんなに優しいの？　杖もシュエのことも、アルバイトでも……私、あなたのお世話になってばかりだよ」

カマルはボードを持ったまま、探るように私の方を見つめていたが、ややあって、困ったような笑みを浮かべた。

「何も覚えていないならいいんだ。僕がアメリーの力になりたいだけだから」

「どういうこと？」

「友達には親切にするものでしょう？　さあ、教室へ行こう」

はぐらかされた気がしたけれど、カマルはそれ以上答えてくれそうにない。

仕方なく、私は彼のあとを追って教室へ入った。

私たちの席は教壇のすぐ前で、その近くにミスティやハイネやノアが座る。

いつの間にか、なんとなくそんな感じになった。

ジュリアス先生が戻るまで、私たちは自習をする予定だったが、なぜか皆でボードレースの話をしている。話の中心は、やる気に満ち溢れるノアだ。

「だからさ。毎年、寮対抗の飛行レースがあるんだよ。ボードで空を飛んで、速さを競うんだ」

「何……それ……だるい……」

ハイネは、全く興味がなさそうである。

彼女は呪術や薬に関すること以外、どうでもいいみたいだった。

「優勝した寮は、たくさん得点が入る」

「得点？　何かいいことがあるの？」

私は、ノアの話に首を傾《かし》げる。

「ああ、いいこと尽くめだ。寮生は行事や成績や授業態度によって得点がもらえる。それで、一年ごとに各寮の合計点数を競うんだ。一番になった寮は、祝勝旅行へ行けるらしいぜ！」

「そうなんだ。黒撫子寮の皆と旅行へ行けたら楽しいだろうなぁ」

旅行なんて、幼いときに一度行ったきりだ。

幼すぎて、あまり覚えていないけれど、父にどこかへ連れていってもらった気がする。

ボードレースの話で盛り上がっていたら、ジュリアス先生が帰ってきた。

最高に仏頂面《ぶっちょうづら》のガロもいる。機嫌は悪いままだが、ひとまず落ち着いたようだ。

ガロ自身も、二限目以降の授業を放り出す気はないようで、その後は普通に教室にい続けた。

次は、魔法薬学の授業で教室を移動しなければならない。

魔法薬学とは、その名のとおり、魔法薬を作る授業。

さすがに普通の教室では無理があるため、校舎内の実験室へ移動する。

学園案内の際に実験室にも立ち寄ったが、授業で使うのは初めてだ。呪いや魔法植物に詳しいハイネは、先ほどからやけにソワソワしていた。きっと授業が楽しみなのだろう。

教室へ行く途中、サリーやその取り巻きの一団とすれ違った。彼女の周りにいるのはAクラスの生徒で、いずれもイケメン揃いだ。

スルーされるかと思いきや、サリーは私に向かって声をかけてきた。

「あら、お姉様。聞いたわよ、黒撫子寮に引っ越したんですって？　よくあんな場所に行こうと思ったわね。どう見たって、掘っ立て小屋じゃない」

妹に同意するように、イケメンたちが前に出てきて頷く。

「あのような寮に住むなど、正気の沙汰ではありませんな。今にも朽《く》ち果てそうな建物な上、住んでいる者も素行が良いとは言えない。おまけに、人を陥《おとしい》れる茶色の化け物が取り憑《つ》いているという噂もあります」

銀縁眼鏡をかけた生徒が、フレームをクイッと持ち上げてサリーに囁く。

茶色の化け物ってもしかして、ブラウニーのことなんじゃ……。

ブラウニーは学園で公認されている魔物で、各寮にいるんだと思っていたけれど、違うようだ。

他の場所は清掃員をどうしているのか、ちょっとだけ気になる。

眼鏡の生徒を押しのけ、くるっとした巻き髪の生徒が前に出てきた。

ノアと同じく中性的で可愛らしい見た目だ。

「っていうか～、君、サリーと似ていないよね。美人でもないし、魔法の才能もないらしいし、本当に姉妹なの⁉ おまけに、黒撫子寮行きとか。終わってるじゃ～ん」

喋り方も外見を裏切らないが、口に出す内容は辛辣《しんらつ》。

「駄目よ、意地悪なことは言わないで。きっと、お姉様は他寮へ行きたくてもいけなかったのよ」

「そりゃあそうだろうね。馬鹿な姉に同情するなんて、サリーはどこまでも優しいんだなあ。できの悪い身内がいると、サリーの名に傷がつくかもしれないのに」

言いたい放題言ってくれる。

確かに、私は美人でも魔法の才能に溢れているわけでもないけれど……これだけは伝えたい。

「私は自分から進んで黒撫子寮へ行ったし、あそこを選んだことを後悔なんてしてない。先輩たちも優しいし、黒撫子寮は素敵な寮だよ」

しかし、サリーは私の言葉を本気に受け取っていないようで、哀れみの視線を向けてくる。

「お姉様、困ったことがあれば私に言ってね。黄水仙寮くらいなら、口利きして入れてあげられるかもしれないし」

「サリー、行こう。ああも意地を張られては、君が何を訴えたところで無駄だと思うよ」

「そのとおりです。優しいサリーの言葉を無下にするなど、本当に失礼な方ですな。裏口入学の件といい、性根が腐っているとしか思えません」

言い返す暇もなく、サリーたちはスタスタと歩いていってしまう。

「なんなの、感じ悪～い！　同情しているふりをして悪口を言うなんて！　あの妹が、アメリーに全然似ていないという部分にだけは同意だわ」

サリーとイケメンの生徒が消えた方向を見て、ミスティが盛大に文句を言う。

ミスティの言葉に、ハイネも頷いた。

「ふふふ……呪いの実験台にしてやろうかしら……顎《あご》が鋭く尖《とが》る呪い……保健医の先生以外、解呪できないやつ……うふふ」

私以上に二人が憤慨してくれたため、思ったよりサリー軍団によるダメージを受けなかった。

実験室へ到着してすぐに魔法薬学の授業が始まったので、気分を変えて授業に取り組む。

今日の課題は「声変わり薬（初級編）」で、飲むと一定時間自分の声を自由に操れるという。

初級編の薬は自分の声の高低や若さを変えられ、中級や上級だと他人の声や魔物の声を真似できるようになるそうだ。

魔法薬学の担当は、ジュリアス先生ではなく専門の教師で、Bクラスの皆は少し緊張している。

それというのも、「魔法薬学の担当者は毎年Bクラスを差別している」などの、良くない噂を聞いていたからだった。噂の出所は黒撫子寮の上級生、リアムさんである。

幽鬼《ゆうき》のように顔色の悪い、眼鏡をかけた中年女性が私たちを見て薄ら笑いを浮かべる。

「ふん、一年のBクラスか。本来ならこの授業をなくしたいところだが、分校長が体面を気にするのでな。できの悪いお前等でも、初級編くらいはこなしてもらわなければ困る。声変わり薬も作れないようでは、今後の魔法薬学の授業内容は、薬草畑の草むしりにでも変更しなければなぁ」

かったるそうな動きの彼女は、教壇上で薬作りの手本を示した。

鍋の中に水色の液体を流し込み、何かの葉っぱと乾燥した枝、すりつぶした薄紫色の木の実を入れる。その間、なんの説明もなしだ。

教科書を見たが、声変わり薬の作り方は載っておらず、何を材料に使っているのかすらわからない。

「説明は以上だ。材料を実験室の戸棚から取って、各自計量してから使うように。私は他に用があるので、しばらくしたら戻る」

言うなり、魔法薬学の教師は、どこかへ行ってしまった。生徒たちを完全放置である。

「棚の中、似た葉っぱや枝がたくさんあるよ？　木の実もいろいろあるし……わからない」

教師の言うとおり、魔法薬学の授業は草抜きをさせられる羽目になるのだろうか。

けれど、心配する私に、ミスティが笑いかける。

「大丈夫よ。こっちにはハイネがいるもの」

見ると、ハイネは勝手に棚を開けて材料を取り出していた。

迷わず、必要な木の枝や葉っぱを見分けて選び取る彼女は、自信がありそうだ。

「はい、アメリーのぶん。こっちはミスティ、ノア、カマル、ついでにもう一人。使いたかったら使って。手順はこれから説明する」

いつもと違って、ハイネがハキハキ喋っている！

こんな風に生き生きとしている彼女を見るのは、初めてのことだった。

ハイネのおかげで、初めての実験にもかかわらずサクサクと作業が進む。

シトラの葉っぱ、プラムビーンズの枝、蜥蜴《とかげ》イチゴの実、叫びの水、これらの材料を順に鍋に投入していく。

「まずは、叫びの水を鍋に入れて火にかける。次に、シトラの葉っぱを煮るの。水の色が桃色に変化したら、葉っぱを取り出して、代わりにプラムビーンズの枝と、すりつぶした蜥蜴《とかげ》イチゴの実を入れてね。葉っぱと同時に枝や実を投入してもいいけれど、こちらの方が質が良くなるから」

ガロを含めた全員が、黙ってハイネの指示に従っている。

皆、薬草畑の草むしりを回避したい思いは一緒だ。

気になるのは、ガロが学園のレンタル鍋を使っているということくらいだろうか。

質が悪く、爆発する恐れのある粗悪な材料が使われているレンタル鍋。

作業中の今は仕方がないけれど、あとでガロに爆発のことを伝えよう。はねのけられるかもしれないけれど、実験で彼が怪我をするよりましだ。

しばらくすると、鍋の底から紫色の泡が湧き始め、甘い匂いの煙が立ち上り始める。

魔法薬学の教師が手本で見せた薬と同じ匂いだが、こちらの方が強い。

甘ったるい、綿あめのような香りがする。

「これで……完成……冷めたら、瓶《びん》に移し替えるのよ……」

「ありがとう、ハイネ。すごく助かったよ」

ハイネの喋り方は、薬の完成と同時にもとに戻ってしまった。

ガロの鍋も、爆発しなくて何よりだ。

帰ってきた教師は、私たちが作った質の良い薬を見て「これは……!?」などと驚いていたが、すぐ不機嫌な顔に戻り、「フンッ、この程度の薬は作れて当然だ」と、偉そうに全員を見下した。

素直に褒められるとは思っていなかったけれど、薬草畑の草むしりは回避されたし良かった。

授業が終わり、私たちは瓶《びん》に入れた薬を持ち帰る。

ふざけて薬を飲んだミスティとノアが、幼児の声になっているけれど、ハイネ曰く、昼過ぎには戻るとのこと。

私は、少し離れて歩くガロに走り寄り、鍋の件を伝えた。

「あの、魔法薬学の鍋は、お店で買った方がいいよ。レンタルの鍋は粗悪品で、時々爆発するみたい。魔法都市の『石壁と竈《かまど》のエリア』に『砂糖星鍋店』っていうお店があって……」

「余計なお世話だ」

いつも通りの不機嫌な表情を浮かべたガロは、私を睨《にら》みつけると、ため息を吐いて向こうへ行ってしまう。

立ち尽くす私を、カマルが「お昼を食べに行こう」と回収しに来てくれた。優しい……

今日の昼食は、校舎の外にあるカフェで食べることに決まる。

この学園には、校舎内の食堂と校舎外のカフェ、そして各寮の食堂があるのだ。

寮でこっそり自炊を心がけたいところだが、友人の魅力的な誘いには抗《あらが》えない。私にできる料理は、材料を焼いて塩を振るくらいだし。

今週は校舎内の食堂で「新入生歓迎フェア」をやっているためか、一年生のカフェの利用者は少ないようだ。サリーたちもいない。

昼休みのカフェのメインは日替わりランチプレートだった。

今日は菫《すみれ》、林檎《りんご》、蒲公英《たんぽぽ》の三種類から選べるみたいだ。その他に、単品メニューもある。

「俺、蒲公英《たんぽぽ》！　肉が多いから！」

「私も、肉！　ガッツリって感じ！」

「……私も……肉……」

なんと、ノア、ミスティ、ハイネは全員が肉好きらしく、同じセットを注文するようだ。

「アメリーは、何にするの？」

カマルに問われた私は、悩みながら、魔法で表示されているメニュー表と料理見本を見比べる。

菫《すみれ》は魚メインで、林檎《りんご》は野菜や果物メインのようだ。

「林檎《りんご》にしようかなあ。おいしそうなデザートもついているし。カマルは？」

「僕は菫《すみれ》かな。魔法都市は大きな湖に囲まれた場所だから、魚がおいしいんだ」

てっきり、カウンターに料理を注文しに行くものと思いきや、魔法学園のカフェはひと味違うようだ。各テーブルに設置されているガラス鉢の中に、ビー玉のような魔法道具が入っている。

この玉はメニュー表の各メニューに対応しているようで、目当ての玉をテーブルに向かって投げつけると、できたての料理がすぐに現れる仕組みだった。

代金は、あとでテーブルごとに支払わなければならない。そういうところは、アナログだ。

そして、席を立って外に出れば、食器は自動で片付けられる。

「ランチプレートの玉は多めに入っているね。菫《すみれ》が青、林檎《りんご》は赤、蒲公英《たんぽぽ》は黄色だってさ。その他の色は単品メニューに対応しているみたい」

皆、カフェの利用は初めてだが、恐る恐る玉を投げる私やカマルと違って、ノアたちは大胆に玉をテーブルにぶつける。すると、同時に全員ぶんの料理が現れた。

私のプレートには、色とりどりのおしゃれな野菜や豆類、食用の花、そして果物やケーキ、小さな焼き菓子が載っている。白い湯気を上げる温かなスープやパンもついてきた。

「すげぇ！　面白いな！」

「早く食べようよ。肉が冷めちゃう！　アメリー、野菜だけじゃなくて肉も摂らなきゃ。私のを分けてあげる」

「ミスティ!?　でも……」

「あなたは、もっと大きくならなきゃ駄目だよ。小さくて痩《や》せているし、顔色も青白いんだから」

「じゃ、じゃあ、代わりに私のデザートを半分あげる」

「やったー！　実は、おいしそうだなあと思っていたんだよね！」

皆で食べるランチは、とてもおいしかった。

こんなにも楽しい食事は、生まれて初めてかもしれない。

食事を続けていると、窓の外……学園の中庭を歩いているガロが見えた。

前を行く上級生らしき生徒の後ろを、大きな荷物を抱えて歩いている。声は聞こえないが、ときおり振り返る上級生は、彼に何かを命令している。

……体育会系だから、上下関係が厳しいのかな。

考えているうちに、ガロたちは中庭を通り過ぎていってしまった。


一日の授業が終わって席を立つと、隣の席のカマルが私に話しかけてきた。

「アメリー、僕も今日から黒撫子寮に入るよ。よろしくね」

「カマルは、今から引っ越し？」

「うん。必要な荷物は放課後寮へ運んで、あとは業者に頼むよ。それじゃ、またあとで」

嬉しそうな表情で、カマルはきゅっと私の手を握り颯爽《さっそう》と宿に帰っていく。

他国出身だからか、彼の挨拶はスキンシップ多めだ。

カマルだけではなく、ノアやミスティやハイネも近々引っ越す予定だが、貴族の引っ越しはややこしく、時間がかかってしまうらしい。

寮へ帰ると、談話室のソファーの上で、リアムさんが本を読みながら寝転んでいた。

整った容姿だからか、赤髪が無造作に広がっている様子は絵になる。

挨拶すると、彼はガバッと起き上がり、恐るべきスピードで私の前にやって来た。

「アメリーちゃん、君を待っていた！」

「ええっ？　リアムさん、いきなり、どうしたんですか？」

鞄《かばん》を持ったまま戸惑っていると、彼は唐突に真剣な表情になって話し始めた。

「学期末に開かれるボードレースを知っているかい？」

「はい、各寮で速さを競うんですよね？　優勝したらポイントが入るとか……」

「うんうん。そのレースに、君も参加して欲しいんだ。黒撫子寮は人数が少なくて、毎年一年生の手を借りているんだよ。昨年、俺も出場した。レース参加者は十名必要なんだけど、今年の黒撫子寮は一年生を含めても十一人しかいないんだ」

「私、まだ浮くことしかできませんけど、大丈夫ですか？」

「……ははは、とりあえず指定の区間を無事飛んで次の人に繋《つな》いでくれるだけでいいから。ね？ね？　昨年度は散々な結果だったけど、今年は黒撫子寮の監督教師がジュリアス先生だし、なんとかなるよ！」

言葉とは裏腹に、リアムさんの目が泳いでいる。

「レースは二ヶ月後でしょう？　二年生や三年生、しかも各寮の代表生徒と競えるレベルには、なれないと思うんです」

「俺も手伝うから。手取り足取りアメリーちゃんに飛び方を教えてあげる！」

キリッと引き締まった表情で、リアムさんが私の手を握ろうとした……のだけれど、次の瞬間、二人の間に「おじゃましまーす」と、見慣れた金色の頭が割り込んできた。

「えっ……？　カ、カマル……!?」

「やあ、アメリー、お待たせ。入り口で呼んだけど、誰も出てこないから勝手に入っちゃった」

「ごめんね、気がつかなかった。リアムさん、彼はクラスメイトのカマルです。今日、黒撫子寮に引っ越す予定なんですけど」

「はじめまして」

私の背中に腕を回し、にっこり挨拶するカマル。

若干驚いた様子のリアムさんは、「寮長を呼んでくるね」と言って階段を駆け上がっていった。

「アメリー、今の人は？」

笑顔で尋ねてくるカマルだが、彼からの圧を感じる。

「黒撫子寮にいる二年生の先輩だよ。ちょっと軽い感じだけど、いろいろ教えてくれるいい人」

「そうなんだ。アメリーが過ごしやすそうで何よりだよ。これから、よろしくね」

「うん。こちらこそ、よろしくね。あとで部屋にシュエを見にくる？　まだ慣れていないけど、元気だよ」

「アメリーの部屋？　行ってもいいの!?」

「もちろんだよ」

答えると、カマルは頬を染めてソワソワし始めた。平民の部屋が珍しいのかな？

そのタイミングで、寮長のオリビアさんがリアムさんと一緒に階段を下りてくる。

「あらあらぁ、あなたがカマル君ね。ようこそ、黒撫子寮へ」

彼女は、私のときと同様にカマルに寮のおおまかな説明をし、寮生活のルールが書かれた冊子を渡した。掃除やブラウニーについての注意が載っているあれだ。

「それじゃあ、あなたのお部屋に案内するわね～」

「じゃ、俺はこれで。アメリーちゃん、例の件、よろしくね！」

バチンとウインクしたリアムさんは、今度は玄関の方へ歩いていってしまった。出かけるようだ。

迷った末、私はオリビアさんとカマルについていくことにした。

アルバイトに行こうかと思ったけれど、初めて寮に来た友人の手伝いもしたい。

「アメリー、例の件って？」

今度は真顔になったカマルの質問に、先ほど聞いたボードレースの内容を話す私。

今日の彼は、いつもより表情が豊かだ。二人の会話を聞いていたオリビアさんが、「もちろん、カマル君にも参加してもらいたいわぁ」と、言いながら振り返った。

「あなたよねえ？　赤薔薇寮の誘いを蹴って、黒撫子寮を選んだ子って。見所あるじゃないのぉ！あの、赤薔薇寮長の悔しそうな顔ったら……うふふふ」

機嫌の良さそうな彼女は、二階の端の部屋にカマルを案内すると、私に視線を移して口を開く。

「あとは、アメリーちゃんに任せるわね。私は退散しますから、ごゆっくり～……うふふ」

謎の言葉を残し、オリビアさんは三階の部屋に戻ってしまった。

「オリビアさん、どうしたんだろう？」

首を傾《かし》げる私に向かって、カマルが「気をきかせてくれたのかな？」と、意味深な微笑みを見せた。表情が色っぽい。ドキドキする。

荷物はあとから届くそうなので、必要なものだけ彼の部屋に運び込んだ。

その間、私は寮の冊子についてカマルに説明する。

「……というわけで、ブラウニーには気をつけてね。部屋は改造自由だから、拡張の魔法を覚えたら使ってみるといいってさ」

「なるほど。ありがとう、アメリー」

「どういたしまして。じゃあ、シュエを見に行こうか」

「う、うん」

ぎこちない動きのカマルの手を引っ張り、なだらかな階段を上っていく。

たくさん並んだ扉の、一番手前が私の部屋だ。

「ここだよ！」

まだ何もない、とても寂しい部屋。前の住人が使ったままの状態で、簡素な家具が無造作に置かれている。カーテンも絨毯《じゅうたん》も、そのままだ。

以前、この部屋で暮らしていた生徒は平民だったけれど、途中で挫折《ざせつ》し、学園を去ったと聞いている。

クローゼットの中に数枚の服、机の引き出しの中に教科書や文房具、壁には杖とボードを立てかけていて、実験用の鍋は魔法道具の鞄《かばん》の中だ。布団類はまだないので、板のベッドに、着古した服を解体した布を敷いて寝ている。

何もない部屋が珍しいのか、彼はキョロキョロと中を見回すと、私に窓を開けていいか尋ねた。

「どうぞ」

窓を開けたカマルは、部屋から外を見下ろして言った。

「不思議だよね、外からは窓なんて見えないのに、中にはちゃんと窓があって外の景色を眺められるんだから」

「そうだね。外を歩いている人からは、窓を開けている人も見えていないみたいだよ。ブラウニーは別だけれど」

「そういえば、アメリーはブラウニーに会ったんだっけ？」

「うん。でも、一瞬目にしただけで、すぐいなくなっちゃった。オリビアさんが『新入生を見に来た』と言っていたから、カマルのところにも来るんじゃないかな？　手出ししなければ害はないみたい」

私はベッドの下に手を伸ばし、奥にいたシュエを引っ張りだす。

「カマル、シュエだよ」

抱き上げたシュエを彼の前に差し出すと、シュエは不機嫌そうに「ニャー！」と鳴いた。

来た当初は抱き上げると嫌そうに手足をばたつかせていたが、最近は少しましになっている。

不満そうな、目つきの悪い顔をするものの、大人しく抱かせてくれるのだ。

カマルが抱いても、シュエは暴れなかった。

「今日は、シュエのベッドと猫じゃらしを持ってきたよ。あと、ご飯」

「ありがとう！」

ケット・シーは、鶏肉などを好んで食べるけれど、専用のフードも街で売られているという。

カマルは、それを入手してくれたようだ。そして、厚手のタオルを畳んだだけの質素な寝床は、カマルが持参した、ふかふかもこもこの白いマシュマロベッドになった。

「シュエ、気に入ってくれるかな？」

二人で様子を見守っていると、ふわふわの足を動かしたシュエが、恐る恐るベッドの中へ入る。

しばらくすると、中から「ゴロゴロ……」と喉を鳴らす音が聞こえてきた。

見ると、ベッドの内側を踏み踏みしながら、シュエが横になっている。

目を閉じている彼は幸せそうな表情に見えた。

「僕からのプレゼント、気に入ってくれたみたいだね」

「カマル、ありがとう」

「どういたしまして。アメリーにもベッドをプレゼントしたいよ」

「……気持ちだけで、十分だよ」

注意しないと、カマルは際限なく私にものを買い与えてくれそうだ。

友達とはいえ、さすがにそれは申し訳なさ過ぎる。

※

数日後、他のクラスメイトたちも黒撫子寮へ引っ越してきた。

ハイネは私の隣の部屋、ミスティはそのまた隣の部屋に決まる。

「ふふふ、部屋に集まって女子会ができるね。アメリー、ハイネ、真夜中のお菓子会をしようよ！」

「うん！」

「楽し……そう……」

私たちの部屋の前には、簡単な庭と生け垣がある。その向こうに歩道が通っていて、さらに奥は不思議な花や野菜が育つ畑が広がっていた。景観はいい。

畑を過ぎてしばらく歩くと魔獣飼育場が建っており、ミスティは嬉しそうにしている。

彼女たちの荷物は業者が運び入れたけれど、ハイネの荷物だけ異様に多かった。

そして、チラリと見えた中身が怪しかった。真っ黒に干からびた謎肉、目玉模様の木の実、異臭を放つ枝。呪い用だと思うけれど、不思議だ。

二階にあるノアの部屋は、カマルの隣だそうだ。

一年生組が集まり、寮はずいぶんと賑やかになった。


新入生が全員揃った翌日、寮でささやかな歓迎会が開かれた。

そこでは、残りの寮メンバーにも会えるのだけれど……私は未だ、オリビアさんとリアムさん以外の上級生に遭遇していない。

歓迎会はオリビアさんが取り仕切り、リアムさんが彼女を手伝っている。

会場は談話室と奥にある食堂で、この日の二部屋は繋《つな》がっていた。誰かが魔法で壁をいじったのかもしれない。

広い会場には、見慣れない上級生の姿がある。黒撫子寮には全部で十一人の生徒が所属しており、三年生と二年生はそれぞれ三人で、一年生は私を含めて五人。

……上級生が四人しかいない？　残りの二人はどこに？

会場にはオリビアさんとリアムさんの他、灰色の長髪ウェーブ男子と深緑髪の眼鏡女子がいる。

「ごめんごめん、残りの二人にも伝えたんだけど。一人は半年ほど音信不通だし、もう一人は普段からフラフラしていて捉えどころのない奴なんだよね」

「あらあら。参加するよう言っておいたのに、戻ってこられなかったのかもしれないわねぇ。二人とも、旅好きだから」

「寮長、旅というのはちょっと違う気が……まあいいか。こうなったら、今日は二人抜きで新入生を歓迎しよう。準備はできているし、贈り物もある」

そう言うと、リアムさんは奥に置いてある箱から何かを取り出し、私たちのところへ持ってきた。

箱の近くで茶色の毛の塊がモゾモゾ動いているけれど、知らんふりをしておいた方がいいよね。触らぬブラウニーに祟《たた》りなし。

「はい、これ。入寮祝いだよ！　黒撫子寮のトレードマーク」

順番に渡されたのは、暗い赤紫色のリボンやネクタイだ。

「こうやって使うのよ～」

オリビアさんが魔法で彼女の制服を呼び出し、私たちに見せる。

帽子に巻かれたリボンや房飾り、胸元を飾るネクタイやスカーフなどは、寮によってカラーが違う。

黒撫子寮のカラーは黒なのだけれど、それだと何もない状態と一緒のため、赤紫色にしてあるそうだ。他の寮は、赤、白、青、黄色なので被らない。

「やった！　これで黒一色の制服から解放されるね！」

「私……この色……好き……」

ミスティとハイネが喜んでいる横で、私は胸元用の蝶ネクタイを胸に当ててみた。

「可愛いよ、アメリー。お揃いだね」

棒ネクタイを胸に当てたカマルが笑顔で話しかけてくる。友達とお揃いなのは、ちょっと嬉しい。

一段落したところで、初対面の二人の上級生は自己紹介を始めた。

最初は頭に寝癖のついた、眼鏡の女性だ。

「私はマデリン。二年生の平民で、肉体強化薬や美容品の研究をしている。今年は実験台が五人もいて頼もしいな」

聞き捨てならない言葉が聞こえた。実験台ってどういう……

困惑していると、もう一人の長髪男子が口を開く。

「……ジェイソンだ」

無口な人物のようで、自己紹介は一言で終わってしまった。

横から、リアムさんがジェイソンさんの人となりを補足する。

「一見怖いけど、ジェイソンさんは、寮内で唯一ブラウニーと交信できるんだよ。なぜか好かれているみたい」

「余計なことを言うな」

リアムさんを睨《にら》みつつも、ジェイソンさんは照れているようだ。悪い人ではなさそう。

集まったメンバーを前に、オリビアさんが改めて挨拶をし、和《なご》やかな雰囲気が流れる。

彼女が手を叩くと、あらかじめ食堂に頼んでいた特別メニューがテーブルに現れた。

「今日は無礼講。皆、楽しむわよ～」

ゆるいオリビアさんの一言に、リアムさんとノアとミスティが歓声を上げる。

ハイネは珍しく、自分からマデリンさんに話しかけに行っている。彼女の気を引く何かがあったようだ。私とカマルは二人でごちそうに手を伸ばした。

祝い事のイベントなんていつぶりだろう。

大勢での賑やかな食卓にいるだけで、私の心は満たされていくのだった。

五　他寮の訓練と新しい仲間

歓迎会の翌日の授業は、魔法道具作りだった。担当はジュリアス先生で場所は教室だ。

この日のクラスメイトは、歓迎会でもらった小物を身につけている。

ガロは青桔梗寮のカラー、青色の小物を持っていた。得意げに披露してくるかと思いきや、そうではなく、なんだか疲れている表情だ。

体育会系の寮だから、先輩に気を遣ってしんどいのかな。

やっぱり、黒撫子寮にしておいて良かったと思う私だった。

授業で使用する材料は、「魔石」と「カプセル」と呼ばれるもの。

それらは、教壇の上に並べられている。弾力を持つカプセルは、以前、カフェにあったメニューの玉と同じだ。ただし、この日置かれている玉は全て無色透明だった。

勉強道具を取り出すと、さっそく、先生の説明が始まる。

「今日は魔石とカプセルを使って、魔法玉を製作する。魔法玉は知っているか？」

彼の問いかけには、ミスティが元気良く答えた。

「はいはいはいっ！　魔法の力を込めた球状の魔法道具で、投げると簡単な魔法が発動します！　魔石には様々な種類があり、内容や製作方法で効果が変わります！」

「そのとおりだ。授業で作るのは、初歩的な魔法玉で、初級攻撃魔法を込めたものだ。魔法を使えない者や、魔力が切れた者が緊急の護身に使うアイテムで、店にも売られている」

初めての魔法道具作りに、胸が高鳴る。楽しそう！

入学前は不安だったものの、私は学園の授業を好きになっていた。

それはきっと、このクラスのおかげだと思う。

カマルやハイネやミスティ、ノアやジュリアス先生やマンダリンさん、学生課のトールさんや魔法都市の店員さん、黒撫子寮の先輩たち。

運良く優しい人に出会えたおかげで、私は今、こうしていられる。

「それでは、各自カプセルと好きな魔石を一つずつ選んで」

私たちは立ち上がって、教壇の前へ移動した。様々な色の魔石が並んでいる。

どれにするか迷っちゃうな……

ノアとガロは、さっさと赤色の魔石を選んだ。ミスティは緑色でハイネは紫色だ。

「カマルは何色にするの？」

「青かな。アメリーは？」

「じゃあ、黄色」

必要な材料を手に席へ戻ると、ジュリアス先生が製作方法を話しだす。

「まず、魔石は色によって属性が異なる。ここにあるのは数種類だけだが、赤は炎、青は水、緑は風、黄色は雷、白は光、紫は闇だ。ちなみに、光の初級攻撃は重力による圧で、闇は精神状態や体調の悪化だ。使用方法は対象に向かって投げるだけ。巻き込まれないように距離を取ること」

そう言うと、先生は教壇で、手本のアイテムを製作し始めた。

「まず、カプセルに対して垂直に魔力を流し、二つに開く。次に、魔石を中心に置いてカプセルを閉じ、全体に魔力を流すとくっつく。難しい加工は必要ない」

簡単に言うけれど、魔力の調整が難しそうな作業だ。

途中でカプセルが暴発しないよう、気をつけなければならない。私は手元に集中した。

「大丈夫だよ、アメリー。ジュリアスもいるし、魔石もカプセルも予備がたくさんあるんだから。

気楽に行こうよ」

隣の席のカマルが、緊張を和らげるように声をかけてくれる。

失敗しまいとガチガチだった肩の力が抜けた。

私たちはまだ攻撃魔法を放つ授業を行っておらず、魔力を流したり調整したりする練習が中心だ。

このアイテムがあれば、アルバイト中に万が一凶暴な魔物に遭遇しても切り抜けられそう。

「ええと、垂直に、中心を割るように魔力を……」

ゆっくりと、カプセルを二つに割っていく。意外と柔らかい。

綺麗に割れたところで、魔石を真ん中に設置する。

いよいよカプセルを閉じる段階で、隣の席から声が上がった。

「できた！」

カマルが早くも魔法道具を完成させたようだ。相変わらずの秀才ぶりだった。

その一方で、アイテムを暴発させた者もいる。

「痛え！　熱っ！」

「……っ！」

ノアとガロの机が燃えている。

「火は扱いにくいからなあ」

他人事《ひとごと》のようにつぶやきつつ、ジュリアス先生が魔法で二つの机を消火し、元通りに修復した。

「そういうことは、先に言え！」

ノアとガロは二つ目の魔石とカプセルを手にする。ノアはめげずに赤、ガロは白を選んでいた。

「アメリー、全体を包むようなイメージで、少しずつ魔力を流すといいよ」

隣にいるカマルがアドバイスをくれる。

「こうやって……中心部だけ魔力を多めに纏《まと》わせて……」

私の手を取って説明を始めるカマル。ひんやりした彼の指が触れ、落ち着かない。

彼に誘導されるまま魔力を流すと、二つの割れ目がぴったりとくっついた。

「やった、できた！　なんとなく、コツがわかった気がする！」

「良かったね、アメリー」

カマルは、自分のことのように喜んでくれる。

材料はまだまだたくさん残っているので、私たちは別の魔石とカプセルを手に取り、アイテムを作る練習を続けた。この授業では、好きなだけ材料を消費していいのだ。

カマルにコツを教わったおかげで、今度は一人でアイテムを完成させられた。

ハイネやミスティにも、カマルに教えてもらった作り方を伝える。

途中でノアもやって来て、それぞれの製作スピードが上がった。「うるさい」と、こちらを睨《にら》むばかりのガロは来なかった。

「授業で作った魔法道具は、持ち帰り可能だ。ただし、危険な使い方はしないように！　傷害や大規模な器物破損が起こった場合、停学処分や退学処分になるからな」

ジュリアス先生の注意を聞きながら、私は授業の最後に配られた巾着《きんちゃく》形の「暴発防止袋」の中にアイテムをしまった。

授業が終わり、放課後のアルバイトも済ませた私は、学園の門を入って黒撫子寮へ向かっている。カマルも一緒だ。お金持ちにもかかわらず、彼は今日もアルバイトに同行してくれた。

本人は社会経験を積みたいと言っているけれど、私は親切で一緒に来てくれているのだと知っている。優しい……

そうして、二人で学園内の訓練場の前を通り過ぎる。

黒撫子寮への通り道沿いにある訓練場は広い建物で、主に青桔梗寮の生徒が体を鍛《きた》えるために使っていた。

前を通過すると、訓練場の中から大きな声が聞こえてきた。驚いて足を止めてしまう。

青桔梗寮の学生が、誰かに怒鳴っているようだった。

「ほら、雑用係！　口答えせずに、さっさと仕事しろよ！」

「これだから、できの悪い奴は……」

訓練場で怒鳴っているのは、複数の生徒だ。

「お前なんて、雑用をするくらいしか能がないんだからな。ちょうど使い勝手のいい使用人が欲しかったんだ。じゃなきゃ、誰がお前なんか寮に入れるかよ！」

ガッと、何かが固いものにぶつかる音が響いた。

顔を見合わせた私とカマルは、音の聞こえる方へ向かう。嫌な予感がする。

訓練場の中が見える位置まで来た私たちは、思わず息をのんだ。

壁際に追いやられた青髪の生徒が、複数の上級生に暴行を受けている。殴られたり、押されて壁に体をぶつけたりしている生徒の髪から、バンダナがはらりと落ちた。

「……!? ガロ……!?」

ボロボロになったクラスメイトを目にした私は、衝動的に彼をめがけて走る。

訓練場に飛び込んだ私を、カマルが慌てて追いかけた。

ガロに駆け寄った私は、ぐったりしている彼に「大丈夫？」と声をかける。けれど、ガロは返事をする気力もないみたいだった。

私たちの様子を見た青桔梗寮の生徒が、ニヤニヤと嗤《わら》いながら口を開く。

「なんだぁ、お前らは？ その小物の色は、でき損ないの黒撫子寮の一年生か。今の時間、ここは青桔梗寮の生徒以外立ち入り禁止だぜ」

「あはは、劣等生のお仲間の様子を見にきたんじゃねえか？ 確か今年の一年生でBクラスの奴は、こいつ以外全員黒撫子寮なんだろ？」

ガロは荷物を運んでいたようだ。傍には掃除道具も置いてある。

ざっと訓練場を見回してみたが、雑用をしている生徒は彼だけで、他は訓練に集中している。

一年生でAクラスの生徒が何人かいたが、上級生から体術の基礎を指導されていた。

ガロが訓練に参加させてもらえず、雑用をしているのは、彼が平民でBクラスだからだろうか。

だとすれば、酷い……。

「先輩方、注意するにしても行き過ぎじゃないですか？　ガロは腕をすりむいているじゃないですか、打撲の痕《あと》もあります」

青桔梗寮の上級生は怖いが、勇気を出して問いただす。すると、彼らは嗤《わら》った。

「何言ってんだ。怪我が残ることはない。あとで白百合寮の連中に頼んで、こいつを治療してもらうからな。毎回毎回、でき損ないを介抱してやっているんだ。優しい先輩だろ？」

「それって……」

今まで何度も、ガロはこのような酷い目に遭っているということだろうか。

そういえば、ここ最近のガロは、いつも疲れている様子だった。

彼らの言葉は、とても同じ寮の仲間に向けるものではない。

私は怒りで震える手を強く握りしめた。

「ガロは、私が連れて帰って手当てします。こんな場所に置いていけない」

彼を運ぼうと動く私に向かって、上級生が不満をあらわにする。

「勝手なことをされたら困るな。こいつは、うちの寮生なんだ」

「暴力が公《おおやけ》になったら困るから、止めるんですか？」

私がそう言うと、相手はひるんだように一瞬黙り込んだ。図星のようだ。

「生意気な一年生だな、お前らにも教育が必要か」

青桔梗寮の上級生数人が、私たちを取り囲むように迫ってくる。絶体絶命だ。

カマル！　巻き込んでごめん……！

動けないガロを庇《かば》うため、私は彼の前に出て、授業で作った青い魔法玉を地面に投げる。

するると、噴水のように水が吹き出し、上級生と私たちとの間に壁を作ってくれた。

「アメリー、逃げるよ！　おじさんにもらった、転移の魔法道具を使う！」

「う、うん！」

その隙に、カマルは私とガロの腕を取り、白いマーブル模様の魔法玉を地面に落とす。

……授業で作った覚えのない、複雑な色の魔法玉だ。

彼の魔法玉が地面に当たった瞬間、足下に魔法陣が出現し、周囲の景色が大きくゆがんだ。変な浮遊感に包まれ、私は身をこわばらせる。

「……っ!?」

「大丈夫だよ、アメリー」

カマルが私を支えてくれると同時に、浮遊感がなくなった。

気づくと、周囲が見覚えのある景色になっている。

引っ越しの際に少し立ち寄った、カマルの部屋だ。

「おじさんに持たされていた魔法玉で、僕の部屋に転移したよ。あいつらは追ってこないから、心配ない」

「ありがとう、カマル。危険な目に遭わせちゃって、ごめんね」

「アメリーは悪くない。人助けをしただけでしょう？」

「もうちょっと、よく考えれば良かった。カマルがいなかったら、今頃ボコボコにされていたかも。

本当に、ありがとうね」

こんなときまで彼は私を責めず、優しい言葉をくれる。はにかみながらお礼を言って、カマルを見ると、なぜか顔を背けていた。耳がほんのり赤い。

「……っ、尊い」

小声でカマルが何かつぶやいているけれど、聞き取れない。まあいいか。

今は、一緒に連れてきたガロの怪我をなんとかしなければならない。

とりあえず、ガロはカマルのベッドに寝かせ、私たちは医療系の魔法処置ができる人を探しに行こうと決める。

「ジュリアス先生に言えばいいかな」

「だね。ジュリアスなら、ガロの怪我も治せると思うよ。皮膚《ひふ》の再生を促進する魔法だったり、破損した細胞を修復する魔法だったり。今の時間、あの人は職員棟かな」

職員棟は、その名のとおり職員が仕事をするための建物で、以前私が滞在していた客用宿舎の隣にある。職員室や会議室などがまとめられている建物だ。

ただし、そこへ行くには、また青桔梗寮の前を通らなければならない。

「僕が行ってくるよ」

部屋の扉を開けて、カマルが外に出ていこうとする。

「駄目だよ、カマル！　私が……！」

「遠回りして、校庭経由で行くから大丈夫。その間、アメリーはシュエに夕飯をあげて」

二人で言い合っていると、廊下からクラスメイトのノアが歩いてきて、爆弾発言を投下した。

「なんだぁ。アメリーとカマルって、やっぱ付き合ってんのか？」

「ええっ⁉」

一緒に部屋にいたから、誤解されてしまったようだ。

「そ、そそそんなのじゃないよ！」

恥ずかしくなった私は全力で否定するが、指輪で誤解されたときと同様で、カマルはまたフォローしない。ただ、にこにこしているだけだった。

「ガ、ガロも一緒だし！」

そう言って、私はカマルのベッドを指さす。

「なんで、黒撫子寮にガロがいるんだよ？」

「実は……」

そこで、アルバイト帰りに起こったことを全てノアに話した。

「酷い話だな。じゃあ、俺が先生を呼んでやるよ」

「黒撫子寮の一年生だからって、絡まれるかも」

「アメリーは心配性だなあ。大丈夫」

そう言って、ノアはピィーと口笛を吹く。すると、どこからともなく小さな羽ばたきが聞こえ、彼の使い魔……フクロウに似たスパルナ変異種の雛《ひな》が現れた。

「こいつに頼むから」

「お使い、できるの？」

「ああ、先生には、この間も手紙を届けたんだ。手紙っていうか、提出し忘れた宿題だけどな。だから、職員棟へのお使いは大丈夫だぜ？」

「えっと、じゃあ、お願いしていい？」

「おう、任せろ！」

腕に雛《ひな》を止まらせたノアは、私に手紙を使い魔の足へ結びつけるよう告げる。言われたとおり、私は小さなメモ用紙に短い手紙を書いて、雛《ひな》の足に結んだ。

「じゃあ、頼むな」

ノアが腕を上げると、雛《ひな》が羽ばたく。

開け放ったカマルの部屋の窓から、雛《ひな》は職員棟をめがけて飛んでいった。

すると、すぐに、ジュリアス先生が駆けつけてくれる……空を移動して窓から。

彼が桃色の髪をかき上げると、中からノアの使い魔が飛び出した。

雛《ひな》は得意げな顔でノアの肩に着地し、彼から褒められている。

「ガロの容体は？」

「意識はあるみたいですけど、動けないようで、会話もできない状態です」

ベッドの脇に屈んだ先生は、ガロの様子を観察し、彼に向けて手をかざす。

「うん、脳震盪《のうしんとう》だ。早めに知らせてくれて良かった。アメリー、向かいの畑で小さな赤い実を取ってきてくれるか。一番手前に見える植物だから、すぐにわかる」

「了解です！」

私は広い畑めがけて走っていく。

ここには、授業で使う薬草や、野菜などが植えられていた。

温度管理が必要なものは温室で育てられ、それ以外の植物は全部畑で育つのだとか。畑に入るのは初めてだけれど、不思議な植物がたくさんあって面白い。

「顔付きカボチャ、歩く根っこ、歌う食虫植物」

ジュリアス先生に言われたとおり、畑の入り口に赤い実をつけた、背の低い植物が植わっている。

……何に使うんだろう？

ツルツルの丸い実をいくつか摘んでポケットに突っ込むと、甘酸っぱい匂いがした。

きびすを返して、寮に駆け戻る。

カマルの部屋に着くと、先生は治療の最中だった。彼は悔やむように言葉を紡ぐ。

「まさか、青桔梗寮でこんな事態が起こっているとは。赴任したばかりだとはいえ、気づかなかった私の落ち度だ。思っていたよりもこの学園は……」

カマルとノアは、治療中のジュリアス先生の様子を窺《うかが》っていた。

「あの、赤い実を持ってきました」

私を見た先生は、お礼を言ってから、実を洗っておくよう指示する。

「その実は、栄養食みたいなものだ。ガロは食事はできているが、念のため食べさせておく。魔法治療で怪我は治るが、体が弱りすぎていると、それに適応できない場合がある。この実は、そういう事態を防ぐ効果もあるんだ」

「これって、そのまま食べられるんですか？」

「ああ、そこそこ甘い。アメリーも食べるといい。入学した当初ほどではないが、やや痩《や》せ気味に見える。栄養を摂っておけ」

すかさずカマルが赤い実を受け取り、洗いに行く。これは、私に食べさせる気だ……

出会ってから、カマルは私の食事の世話も焼くようになった。

節約のため、時々夕食を抜く私に「差し入れ」と称して、購買で売っている「お弁当セット」を届けてくれたりする。「お弁当セット」には、様々な栄養のある料理が詰められているのだ。

ちなみに、ジュリアス先生も昼食時に、クラス全員に「お弁当セット」を提供してくれることが多い。たぶん、私とガロのために。

「アメリー、キッチンへ行くよ」

「う、うん」

カマルに手を引かれていく私を見て、ノアが「あの二人、絶対に付き合ってるよな？」とジュリアス先生に漏らしていた。違うって言っているのに！

キッチンで赤い実を洗い、皿に盛っていく。

途中でカマルが一つ実をつまんで、私の口元へ運んだ。……食べてってこと？

先生にも言われたので、素直に口を開けると、微笑む彼に実を放り込まれる。

赤い実はイチゴのような味がした。好きかもしれない。

「アメリー、減ったぶんは僕が摘んでくるから、君はどんどん実を食べて」

「いや、そんなにたくさん入らないよ？　ムグッ」

「ふふっ、頬袋に食べ物を詰めたリスみたいで可愛い」

どこかうっとりした表情のカマルが、次々に木の実を私の口に突っ込むものだから、どんどん頬が膨らんでいく。

彼の優しさは伝わってくるけれど、手ずから食べさせてもらうのは、すごく恥ずかしい……

口の中がいっぱいいっぱいだ。

「カマル、自分で食べられるよ」

「いいから、いいから」

その後も、カマルは私の口に木の実を放り込むことを止めず、二人の攻防はしばらく続いた。

※

青桔梗寮の二年生——デランは、ふてくされていた。

学園中に後輩いびりがばれ、謹慎《きんしん》処分を食らったからである。

「あのガキども、余計な真似を……」

青桔梗寮の担当教師は、デランたちの後輩いびりに気づかないふりをしており、一切の行為を黙認していた。

黒撫子寮の一年生が余計なことをしなければ、デランたちの行動は広まらなかったはずだ。

その後、黒撫子寮の担当教師が青桔梗寮の担当教師にガロの件を話し、彼を青桔梗寮から黒撫子寮へ移すことが決まった。

デランたち謹慎《きんしん》中の生徒は、寮から出てはいけないことになっている。

しかも、罰則として寮内の雑用が科せられていた。周囲からは退学処分や停学処分にならないだけましだと諭されるが、デランは黒撫子寮の一年生への不満を募らせるのだった。

将来は軍事部門へ進む者が多い青桔梗寮には大貴族の子弟はおらず、中小貴族の次男以下が所属している。デランも子爵家の三男で、同じような立場の仲間とつるんでいた。

新入生いびりを行っていたのも、いつものメンバー——男爵家の次男ボブと、別の男爵家の四男ダグだ。もっぱら、デランがあれこれ指示し、残りの二人は彼にくっついて来る。

当然、デラン以外の二人も謹慎《きんしん》中で、めちゃくちゃ暇だった。

「なあ、黒撫子寮に復讐《ふくしゅう》しに行こうぜ！」

大胆な提案に、ボブとダグは戸惑う。

「俺たち謹慎《きんしん》中だぜ？　これ以上問題を起こしたら、停学か退学になってしまうんじゃ……」

「ばれなきゃいいんだよ。他の奴が眠っている時間、夜なら問題なく外に出られるはずだ。青桔梗のメンバーなら、問題があっても見逃してくれるだろう」

「そうかなあ」

渋りつつも、二人はデランに従った。

彼の言うとおりにすれば、おいしい思いができるし、逆らうと面倒だからだ。

「でもさ、具体的にどうするんだ？　あいつらの部屋なんて、わからないだろう？　あのあと、黒撫子寮に文句を言いに行ったけど、三年生に追い出されて、一年坊主たちに会えなかったじゃん」

そう、デランたちは既に黒撫子寮へ足を運んでいたのである。

だが、向こうの寮長に建物の入り口を封鎖され、締め出しを食らった。平民に反抗されたデランは、屈辱で真っ赤になった。

「黒撫子寮を荒らしてやるのさ。俺が怒っているのはガロや一年坊主だけじゃない。平民寮長も出しゃばり担当教師も全部だ！」

「夜中に黒撫子寮を荒らすだけなら、誰がやったかわからないだろうけれど……建物の中には入れるのか？」

「中に入れなくても、周りを壊してやればいい。入り口や壁を破壊する。小屋の周りに申し訳程度にある花壇もだ。防音魔法を使えば、問題ないだろう」

「なるほど！」

復讐《ふくしゅう》なんていいながら、内容は結構ショボいな……と心の中で突っ込みつつ、ボブとダグは頷いた。面と向かって反対などできないのである。

その夜、さっそくデランたちは黒撫子寮へ向けて動き出した。訓練場の倉庫から持ち出した模擬魔法剣や模擬魔法木槌《きづち》を片手に、ニヤニヤと悪い笑みを浮かべる。

「俺に恥をかかせた奴らに後悔させてやる」

魔法で足下を照らし、少し歩けば黒撫子寮に着いた。

暗闇の中、嵐が来れば倒壊しそうな簡素な小屋が建っている。

「相変わらず、ボロい寮だぜ。おい、防音魔法の用意はいいか」

「本当に大丈夫なのか？　見つからないうちにさっさと済ませようぜ」

ボブとダグは弱腰だ。デランはそんな彼らにイライラしつつ、花壇へ足を踏み入れる。

ふと、足に何かが触った気がした。

魔法で明かりを向けてみると、茶色のボロい毛玉がうち捨てられている。

「なんだよ、使い古したモップかよ。脅かしやがって！」

いらついたデランは、そのモップを蹴飛ばした。そうして、防音魔法をかけた入り口の扉に木槌《きづち》を振り下ろす。簡単に穴が開き、古い玄関が現れた。

「奥にもう一つ扉があるが、まずは玄関を徹底的に破壊してやろうか。もともとボロいから、破壊し甲斐《がい》がないぜ」

そう言って、木槌《きづち》を振り上げたときだった、悲劇が起こったのは。

顔を上げたデランめがけて、上から大量の埃《ほこり》が降り注いできたのである。

「……っ⁉　ううえっ！　なんだ⁉」

埃《ほこり》の塊が口の中に入り咳き込むデランだが、そんなのは序の口だった。

「このっ！　ぼろ小屋がっ！」

再び木槌《きづち》を振り上げようとしたデランは、足に違和感を抱いた。ベタベタぞわぞわする。

明かりで照らすと、いつの間に湧いたのか、巨大な蟻《あり》が大量に足を這《は》い上がってきている。

「ひゃあああ！　やめろ、散れ！」

手当たり次第たたき落とす。噛まれて痛い……

蟻《あり》と格闘していると、梁《はり》がむき出しの天井から何かが垂れているのがわかった。

否応なしに顔を伝ってきたそれは、口の中へ侵入する。

「甘い……？」

溶けたピーナッツバターだった。さらに、蟻《あり》がデランに群がる。胴体や手にまで進出してきた。

「なんなんだ、ふざけやがって。ここはやめて、別の壁を壊すか……」

きびすを返すと同時に、庭の方から、ボブとダグの悲鳴が聞こえた。

二人に合流するため、デランは、なんとか扉の外へ出る。その頃には、全身が蟻《あり》に覆い尽くされていた。

「おい、お前ら！　どこだ！」

二人の姿が見当たらず、声を張り上げるデラン。

すると、すぐ近くでくぐもった声が聞こえた。

「ひっ……！」

明かりで照らすと、ゴミ捨て場に突っ込まれたボブとダグの姿があった。

生ゴミの臭いに混じって、二人からもピーナッツバターの香りがするのは気のせいか？

ボブとダグを引っ張り出そうと手を伸ばした瞬間、デランは誰かに強く背中を殴打される。

「わあああっ!?」

バランスを崩し、デランも頭からゴミの山に突っ込んだ。

態度は大きいが、デランは箱入りのお坊ちゃまだ。あまりの精神ダメージで、そのまま気を失ってしまう。

翌日、黒撫子寮で、ボロボロの姿でゴミ山に頭を突っ込む三人組が見つかった。

彼らの近くには、茶色のモップが落ちていたとかいないとか。

※

黒撫子寮に急遽用意された部屋のベッドで、ガロはゆっくり瞼《まぶた》を開けた。

簡素で、生活感のある小さな部屋。これからは、ここがガロの生活の場になる。

不思議な気持ちだった。

(久しぶりに、休めた気がする……)

青桔梗では、飲み物を持ってこいだの、訓練場に忘れた鞄《かばん》を取りに行けだの、夜中にしょうもない命令でたたき起こされたのだ。

ガロは、貧しい農村――エメランディア南東にあるアイヤー村の出身だった。村長の長男で、下には弟と妹が二人ずついる。

村長といっても、決して裕福なわけではない。他の農民のとりまとめをする家の者というだけだ。

皆と同じように荒れた地で畑仕事に精を出すのは変わらない。

そんなガロの人生が変化したのは、彼が八歳のときだった。村が魔物に襲われ、ガロ自身にも危険が迫ったとき、たまたま隣村を訪れていた魔法使いが助けてくれたのだ。

魔法使いは魔法で荒れた畑を立て直し、土を良質なものに変える魔法薬をまいてくれた。

おかげで、その後は安定して作物が採れた。

彼女が村を出る際、魔法に興味を持ったガロに二冊の本をくれた。

一つは文字の読み書きの本、もう一つは初歩的な魔法知識の本だった。

かなり分厚かったけれど、ガロは頑張って勉強し、何度も本を読み返した。

十歳になったとき、風の噂で「平民特別枠」のことを耳にした。魔法使いが常駐していれば、どれほど村が救われるだろう。

その頃のガロは村でちょっとした知識人扱いをされており、村人たちの応援を受けて魔法使いを目指すようになる。

そうして、数年後の試験で見事、国一番の難易度を誇る「ヨーカー魔法学園」の平民特別枠を勝ち取ったのだった。

入学試験会場には、頭の良い平民がたくさんいた。

皆、高い志を持っていた。

だが、学園で初めて出会った平民特別枠の残り二人は、そうした努力を重ねた者ではなく、コネ入学で裕福な家の出身だった。妹は特別な魔法を使うようだが、姉はただの付き添いだという。

ガロは、どうしようもなくイライラし、姉の方に八つ当たりした。

憧れの魔法学校は、理想とかけ離れた場所だった。

平民だからという理由で、入学後に選別試験も受けないまま下級クラスに入れられた。

そして、何より困ったのは、入学後にかかる教科書代や備品代だ。

制服は借りられたが、ボードを購入する費用がない。ボードが必要になることは、事前に知っていたので、村で木工が得意な者に頼んで作ってもらった。

下級クラスに入ってわかったのは、自分の実力は所詮下級クラスの中でしか通用しないということだった。授業についていくので精一杯だ。同じ平民のアメリーは、メルヴィーン商会出身なだけあり、魔法以外の教養を持っている。

しかも、特別な生徒サリーと姉妹だからか、魔力量が桁違《けたちが》いだ。ガロには何もない。

適性では「職人型」と出たが、魔物から村を守れる強さが欲しいとガロは感じていた。

だから青桔梗寮に入寮希望を出したのだ。

入寮通知が来たときは、天にも昇る気持ちだった。クラスの他のメンバーは、全員が落ちこぼれ臭の漂う黒撫子寮だ。ガロは彼らに対して優越感を持っていた。

だが、その喜びも長くは続かない。

青桔梗寮で待っていたのは、貴族たちからの洗礼だったのだ。

他の一年生が訓練に精を出している間も、ガロは雑用ばかり押しつけられる。

体の良い使用人扱いで、暴力も振るわれた。寮で訓練を受けられないどころか、クラスの授業にも追いつけないでいる。

何もかも限界という中、またしても上級生の餌食《えじき》になっていたところを、アメリーとカマルに救出された。その後は担任の治療を受けている。

たまに、部屋の近いカマルが様子を見にきた。

おそらく、アメリーが、やたらとガロを心配しているからだ。

「いいよな、平民でも金持ちのパトロンを持っている奴は」

つい口からこぼれた言葉に、カマルが反応する。

「アメリーのこと？　僕はパトロンじゃなくて、好きで彼女に貢《みつ》いでいるだけだよ」

「それをパトロンって言うんだよ。やっぱり、メルヴィーン商会のお嬢様は伝手を作るのが上手い」

「それ、本気で言ってる？」

カマルの声がワントーン下がる。

「アメリーは、そんな子じゃない。それに――彼女は実家で虐待されていた。誰が見ても、小さすぎるし細すぎる。妹は痩《や》せていないみたいだけれど……」

何かを悔やむように、カマルはガロに告げる。

普段の彼からは考えられないような、険しい顔つきだった。

「……っ」

本当はガロだって、アメリーが痩《や》せすぎていることに気づいていた。

着ている服が妹と比べて格段に古いことも。持ち物が少ないことも。ボードが中古だということも。放課後アルバイトをしていることも。

それを頑《かたく》なに認めず、「金持ちの家の娘で裏口入学者」だと、ガロは彼女を一方的に敵視してきた。自分は何を意地になっていたのか……

アメリー自身の頑張りを否定し、クラスメイトの貴族を遠ざけ、一人で空回りし続けて。

昼食は、あれこれ理由をつけて担任が用意している。ボードも、彼から借りることになった。

いつだって、周りは歩み寄ってくれていたのだ。

虚勢を張って、突き放していたのは自分の方。

「君の体、未熟な魔法治療のしすぎで弱っているって、ジュリアスが言っていた。しばらく、ゆっくりするといいよ」

きびすを返したカマルは、そのまま部屋を出ていってしまう。ガロは、固く唇を引き結んだ。

※

とりあえず、ガロは数日間、療養することが決まった。

彼を黒撫子寮へ連れてきてしまった責任もあるし、自分で看病しようと思ったのだけれど、カマルが異性の部屋で二人きりになるのは、良くないことだと言う。

カマルの部屋には頻繁《ひんぱん》に行くけど、それはいいのかな?

代わりにカマルが様子を見てくれるらしいので、一日一回顔を出す程度になってしまった。

会うとガロは気まずそうに口をつぐんでしまうので、良かったかもしれない。少しずつ仲良くなれたらいいいな。

そうして、私は普段通り寮から教室に行き、授業を受ける。

この日は、二回目の魔法薬学の授業だった。

前回は、担当教師の意地悪にハイネが立ち向かい、見事課題をクリアしている。

今回は何を言われるのか、前より難しい課題を出されるのではないかと、ちょっと心配だった。

けれど、教室に行っても、魔法薬学の担当教師はいなかった。代わりに、灰色のフードを被った、怪しい人がいる。

教師だと思うけれど、どことなく見覚えがあるような……と思っていたら、カマルがガタリと音を立てて席を立った。

「こんなところで何をしているの！　おじさん!!」

彼の声を聞いて、びっくりしていると、怪しい人がフードを脱ぐ。

現れたのは、学生課にいたカマルの大叔父——トールさんだった。

「おじさん、いつの間に仕事を掛け持つようになったの？」

「ん～ふふ～♪　いやあ、人手不足だって言うからさ？　教師に名乗りを上げたら、許可が下りちゃって」

「前の先生はどこにいるの？」

カマルの顔が怖い。しかし、トールさんはヘラヘラしているだけだった。

「ん～？　さあ？　なんか、辞めたくなったらしいよ？」

「おじさん、絶対に何かしたでしょ」

普段からは想像できない、じっとりとした目で、カマルはトールさんを睨《にら》んでいる。

大甥《おおおい》に弱いトールさんは、困ったようにカマルを見て言った。

「特に何も？　魔法薬学の知識で勝負しただけ。仮にも魔法学校の教師だから、学生課の職員に負けることなんてないと思ったんだけどぉ？」

「ほんと、意地悪だね。おじさんの薬知識に勝てる相手なんているの？」

どうやら、トールさんは魔法薬学が得意なようだ。年の功だろうか？

彼は嬉しそうな様子でカマルに答える。

「互角な相手ならいるかなぁ。とりあえず、今日から俺が魔法薬学担当だから、よろしくね。前のクソ教師みたいに、可愛い生徒に嫌がらせなんてしないよ～」

あらら、クソって言っちゃった……

トールさんのことなので、カマル可愛さに暴走したのかもしれない。

何せ、大甥《おおおい》が心配で他国の学園の職員になってしまったくらいだ。まさに、モンスターペアレントならぬ、モンスター大叔父！

そんなこんなで、その日の授業は始まった。

カマルは、他の皆から生暖かい視線を送られて、恥ずかしそうにしている。

「今日は、俺の国で流行《はや》っている毒薬を作ろうか」

「おじさん、通報するよ？」

「冗談だってば。魔法薬でのペイントの授業をするよ。ちなみに、Ａクラスは彼らの担任が見るんだって。ポッと出の教師に任せられないって言われちゃった」

トールさんは、なんだかハイネやマデリンさんと同じ匂いがした。

魔法薬学好きは、こういう危うそうなタイプが多いのだろうか。

パンパンと彼が手を叩くと、各生徒の前に卵形の青い木の実と金の粉、水が現れる。これらを魔法鍋で煮て、ペイント用の塗料を作るようだ。

「今日は、身体強化の模様を描くよ。模様の種類については、追い追い説明していくね～」

身体強化の魔法は何種類かあるが、この日の授業では魔法薬学の観点から身体強化を行うとのこと。体に魔法薬で模様を描き、その力で常時身体強化をすることができるのだとか。

この方法は、魔法大国では主流だが、エメランディアでは行われていないらしい。

魔力を使うのは薬を作るときだけなので、初心者でも扱いやすいそうだ。

魔法鍋で沸かした湯に、青い木の実を刻んで入れる。触ろうとしたら、実が歌い出したので、ものすごくびっくりした。「歌姫草の実」という名前らしい。

ナイフで実を傷つけるのが気の毒になるけれど、他の皆は割と普通にぶった切っていた。

実に意思があるわけではなく、単にそういう植物なのだとか。刻んで鍋に入れても歌い続けているから、かなりホラーだった。

その後は金色の「天上蝶の鱗粉《りんぷん》」に自分の魔力を流し込む。頑張って魔力量を調節したので、大量の魔力による粉塵《ふんじん》爆発は免《まぬか》れた。

前よりも、魔力の扱いが上手くなってきている気がする。

魔力入りの粉を鍋に投入して混ぜると、鍋の中が明るい夜空の色になった。金粉は、星みたいにキラキラ光っている。煮詰めていくと、ラメ入りの青い塗料が完成した。

これで、体に模様を描いていくようだ。

魔法で配られた筆を右手に持ち、トールさんの冷却魔法で冷ました塗料を含ませる。

左腕に、指示されたとおりにグルグルと渦巻き模様を描いていった。

書き終えると、模様がふわりと光を帯びる。これで完成らしい。

「絵の上手い下手で効果が変わってくるよ。ペイントを落としたくなったら、今から配る魔法薬を使ってね」

最後にリムーバー系の魔法薬を渡され、授業は無事終了した。

ハイネの絵は完璧で、ノアの絵はガタガタだ。

他国の文化に触れ、皆は楽しそうにしており、誰もペイントを落とさない。私もこのままにしておこう。

クラスメイトたちがはしゃぐ中、カマルだけが、げっそり疲れた表情を浮かべていた。

放課後、トールさんに呼び出された私とカマルは学生課へ向かった。

本とフクロウだらけの学生課は、以前より綺麗に整頓されている。トールさんが掃除したのかもしれない。

「ようこそ、カマルにアメリーちゃん」

機嫌の良さそうな顔で現れたトールさんは、学生課の職員もまだ続けているようだ。

担当が一年のBクラスだけだから、という理由らしい。自由すぎる。

私たちは、いつの間にか豪華になっているソファーに案内され、魔法で淹《い》れた紅茶までサービスしてもらった。花の香りの混じる、高級そうなお茶だった。

ずっと排水生活だったから、魔法都市に来てからのお茶がありがたいなあ……

お菓子まで魔法で出すトールさんを、カマルが「用事があるなら早くして」とせかす。

「まあまあ、そう焦らずに。魔法農園での果実収穫日が明日だから、いろいろ知らせておきたくて呼んだだけだよ」

実は以前から、今週末を空けておくようにと言われていた。当日は一斉に果実の収穫を行うのだ。

魔法農園の果実は、収穫時に魔法を使うと変質してしまう。全て手作業だから、魔法経験のない新入生でもアルバイトできるのだ。

頻度は少ないけれど、果実の収穫は薬草集めよりお金になる。

「まず、農園だけれど、魔法都市の『風と緑のエリア』にあるよ。ぱっと見はわからないけれど、紫屋根の水車小屋の扉をくぐると魔法農園に繋《つな》がっているんだ」

「水車小屋の中に農園⁉」

驚く私に向かって、カマルが微笑みながら言った。

「魔法都市だから、見た目通りじゃない施設がたくさん建っているんだね。きっと、黒撫子寮みたいに中が広いんだよ」

「……まだ、慣れないなあ」

収穫する果実は、コバルトレモン。

その名のとおり、コバルト色をしたレモンで、魔力を宿す植物なのだとか。

もちろん、魔法都市以外の場所では栽培《さいばい》されていない。

詳細を聞いていると、急に学生課の扉が開いた。

「あれ？」

警戒した様子で現れたのは、青髪のバンダナ少年ガロだ。

意外な人物の登場に、私もカマルも瞬《まばた》きしながら入り口を見つめる。

体力が回復したようで、彼の顔色は良くなっていた。もう、動いても大丈夫そうだ。

「どうしたんだい？」

カマルが問いかけると、彼は一言「バイト探し」とだけ答えた。

お金がないのは、私だけではなくガロも一緒。今までの彼は青桔梗寮の事情により、アルバイトに出る余裕がなかったが、これからは自由に放課後の時間を過ごせる。

ガロを中に呼んだトールさんは、ちょうどいいとばかりに彼にも説明を始めた。

「君も一緒に、果実収穫のアルバイトをする？　期間限定だけど、通常紹介できる薬草アルバイトより稼げるよ」

「やる！」

即答したあと、ガロはカマルと私に視線を移した。

「こいつらも、同じなのか？」

トールさんは、興味深そうに彼を観察していたが、大甥《おおおい》に害を及ぼさない人物だと判断したようだ。笑顔で彼の質問に答えている。

「そうだよ。人手は多い方が喜ばれるし」

「二人とも、農作業なんてできるのか？」

ガロが、疑わしげな目でこちらを見ている。失礼な。

確かに、私は農業に縁がない生活を送っていたけれど……

カマルも、見るからにお坊ちゃんで果実の収穫経験はなさそうだけれど……

喋っている間に、トールさんは三人でアルバイトに参加する手続きを進めていた。


そうして、翌日——

不思議な気球の浮かぶ魔法都市の空は、今日も青く澄んでいる。

コバルトレモンの収穫日が快晴で良かった。

私とカマルとガロは、魔法都市の北側に位置する「風と緑のエリア」へ来ている。

「あった、紫屋根の水車小屋だよ！」

トールさんに言われたとおり、水車小屋の入り口から中へ入ると、目の前に広大な農園が広がっていた。これも魔法だ。

「手前は、お化けカボチャだね。奥はゴレム菜とマンドレイク」

ジュリアス先生に習った魔法植物だ。

奥へ奥へと歩いていくと、果樹園があり、その手前で今回の依頼者が手を振っている。

「君たちが、アルバイトの子だね？　ようこそ、魔法農園へ！」

農園のおじさんとおばさんが、私たちに仕事内容を説明してくれた。

「収穫には、このハサミを使うといいよ。実のヘタ辺りを切り取ってね。君たちには右側の柵で囲んだエリアを任せるよ」

ハサミと籠を受け取り、三人で柵の中に入ると、レモン特有の甘酸っぱい匂いに包まれる。

コバルトレモンは宝石のような青色の果実だけれど、一応食べられる。味はレモンと同じだ。魔物の毒を食らった際の解毒薬になり、私の実家メルヴィーン商会でも扱われていた。価格は通常のレモンの十倍。

この世界のレモンは一個百メリィなので、コバルトレモンは千メリィもする。慎重に収穫しなければ！

恐る恐るハサミでヘタの部分を切り、渡された籠に入れていく。

カマルも、丁寧に収穫作業をしていたのだが……

「お前ら、本気か？　そのスピードで作業していたら日が暮れるぞ？」

なぜか、ガロが驚愕の表情を浮かべてこちらを見ている。

私たちの籠には、五個くらいのコバルトレモン。けれど、ガロの籠には……

「すごい、もう五十個くらい入ってるんだけど。手際良すぎない？」

「お前らが遅すぎるんだろ、クソ丁寧に作業しやがって。一個取るのに時間をかけ過ぎなんだよ。多少葉がついていても、あとで落とせば大丈夫だから。ざっと切っちまえ」

一緒にアルバイトするといっても、ガロは相変わらずで、ほとんど口を開かなかった。

けれど、私とカマルのあまりの手際の悪さに、思わず声をかけてしまった感じだ。

「なんで、ガロはそんなに収穫が上手なの⁉」

「慣れているんだよ。うちの村は、全員農家だったからな」

ガロの籠のレモンは、話している間にも、どんどん増えている。

私も負けないように収穫しなければ！

「アメリー、大丈夫？　疲れていない？」

「私は大丈夫だよ、カマルは？」

「僕も平気。まだ、暑くない気候だしね」

黙々と作業を続けること数時間、指定された範囲のレモンは大体収穫できた。主にガロの活躍で。

ガロは農園のおばさんから、「うちで働かない？」と熱烈な勧誘を受けている。

毎週末、ここでアルバイトをする方向で話が進んでいるようだ。

彼がお金を得る方法が見つかって、良かった。

「そういや、最近王都で危険な魔物の目撃情報があったみたいだね。ヨーカー魔法学園は大丈夫だ

と思うけど、気をつけなよ」

世間話ついでに、おばさんが物騒《ぶっそう》なニュースを教えてくれた。

この国では、人間に危害を加える危険な魔物が人里に出ることがある。

そういう場合は、その土地の領主の兵士や自警団などが魔物を討伐したり、山奥へ追い払ったりする。ギルドの冒険者が活躍することもあるそうだ。

王都では、王城の兵士や王都警備隊が派遣される。

他の土地よりも守りがしっかりしているので、安心して暮らせるのだとか。格差社会……

アルバイトは成功し、私とカマルは数個のコバルトレモンをお土産にもらった。ガロだけ、大量にもらっていた。

「すごいね、ガロ。私たちの十倍くらい収穫していたけど」

「お前らが、駄目すぎるんだろ。これだから、箱入りは……」

ガロは素っ気ない口調だったけれど、以前のようなトゲは感じられなかった。

六　ヘドロ魔法と免許の取得

魔法学園に入学して、二ヶ月——

いよいよ、Bクラスは魔法媒体を使った訓練に突入する。攻撃魔法や防御魔法を習うのだ。

今までは魔力の操作や飛ぶ練習ばかりだったので、全員がソワソワと落ち着かない様子だった。

とはいえ、貴族の子たちは多少なりとも、そういった魔法を習った経験があるようで、簡単な魔法はマスターしているとのこと。羨ましい……

大きな杖を抱えた私は、わくわくしながら授業の行われる裏山へ向かった。

裏山に着くと、一番乗りのガロがいた。彼が黒撫子寮へ来てから、私は杖や腕輪などの魔法媒体のことを彼に伝えている。授業では、魔法媒体があった方がいいと。

ガロが「月とシオン媒体店」へ行ったところ、ノアのような小さな杖が適合したそうだ。

幸い、私の杖ほど値段の高いものではなく、分割払いで支払う予定らしい。

なんだかんだで、あのアルバイト以来、私とガロは少しずつ話をするようになっている。同じ平民出身なので、仲良くなれたら嬉しい。

しばらくすると、他のメンバーもパラパラと揃いだす。

私と同じく大きな杖を手にしたカマルや、腕輪を付けたミスティとハイネ。

ノアは、今日も遅刻のようだ。朝が弱いらしい。カマルやガロが寮を出るギリギリの時間まで彼を起こし続けて、ようやく着替え始めたとのこと。

ガロはノアたちとも、少しずつ接点を持つようになっている。

授業を行うジュリアス先生は、魔法媒体を手にしていない。慣れてくると、何もない状態で魔法を放てるようになる……と彼が言っていた。

魔法大国では、魔法媒体を用いる概念がないようだ。

「では、魔法媒体を通して魔法を放つ訓練をする。最初は、基礎的な防御の魔法だ」

魔法薬学の「身体強化のペイント」とは別の観点で、自身を守る魔法らしい。

魔法使いとして生きていく上で、身を守ることは大切だ。

この国の魔法使いは、兵士など戦闘系の職種に就く比率が高い。

医療系職種であっても、兵士に同行する機会がある。そうでなくとも、魔法の才能を持つ恵まれた者は狙われる可能性が高いのだ。

「最初は一番簡単な魔法で、自分の前方に防御壁を作る。魔法媒体に魔力を流し、そこから前に壁を出すイメージで魔法を放つ」

相手が襲いかかってきたときに、ガードする大事な魔法。

本来は、「我が魔力よ、壁となり我を守り給え……シールド！」などと呪文を唱えるらしいが、ジュリアス先生の授業では「詠唱は不要だろう」とのことで省かれる。

実際、必要なかった。短い呪文ならいいが、長い呪文だと魔法発動が遅くなってしまう。

彼の授業は、どこまでも実用的なのだ。

先生の手本を見つつ、私は杖に魔力を流してみた。

他の生徒たちも、それぞれ自分の媒体から魔法を出そうとしている。

「ええと、壁、壁……」

貴族組は、難なく自分の前に光の壁を出現させていた。大きさは、それぞれの背丈くらいだ。

呪文の無詠唱に戸惑っていたみたいだが、入学前に魔法を家庭教師に教わっているようで、慣れた雰囲気だった。私とガロは、初めての魔法に四苦八苦している。

杖から、壁!! 出て!

イメージを描き、力強く杖から魔力を外に放出すると……

「うわぁっ!?」

想定外のことが起こった。

「な、何これ!?」

目の前に、他の生徒とは比べものにならないほど、分厚くて巨大な壁が出現してしまったのだ。

しかも、半透明のヘドロ色。

幅は他の生徒の十倍ほどで、高さが恐ろしいことになっている。

「ぬりかべ!?」


ヘドロのぬりかべは、天に向かって、どこまでも伸び続けていた。てっぺんが見えない。

厚さも尋常ではなく、他の生徒が出した壁の二十倍はある。

……またしても、魔力過多の影響!?

呆れ顔のジュリアス先生が「こりゃまた、すごい壁だな」などと言いながら、ぬりかべを撤去してくれた。

同じ魔力過多のはずなのに、カマルはガラスのように透明で美しい壁を出している。

もちろん、サイズオーバーではない。私と何が違うのだろう。

いつの間にか、ガロも不安定ながら壁を出せているし。

私は、こっそり「ヘドロぬりかべ」克服の練習をしようと決意した。


寮に戻ると、建物の中をシュエが散歩していた。

最近、シュエは今の環境に慣れてきたようで、ベッドの下から行動範囲を広げつつある。

「ただいま、シュエ。一緒にアルバイトに行く？」

話しかけると、珍しくシュエが寄ってきて、私の手の匂いを嗅いだ。可愛い！

一緒に暮らしていてわかったが、シュエは魔物だけあって普通の猫より賢い。

私の話している言葉も、なんとなく理解しているようだ。寮から勝手に出ていくこともない。なんてお利口なの！

前にミスティに話したら、「そりゃそうでしょ」と呆れられた。

これから、カマルと一緒に薬草摘みのアルバイトへ向かう予定だが、せっかくなのでシュエを抱っこして連れていくことに決めた。

特に不満はないようで、シュエは大人しくしている。前までは、ベッドの下にダッシュで逃げていたのに。少しずつ、信頼関係を築けているといいな。

アルバイト先は、いつもの場所。黄緑色の扉の先にある、「ココノの森」だった。クルクル草とカムカム草をひたすら摘んでいく。

初めての場所に興味を持ったシュエは、私たちから見える位置を探検していた。

「シュエ、アメリーに懐いてきたね。最近は、自由に寮の中を散歩しているみたいだし、今日の様子なら外へ連れていけそうだ」

「うん。ミスティやノアは使い魔を教室へ連れてきているし、様子を見ながらシュエも教室デビューさせようかな」

シュエは桃色の小さな花をちぎって遊び始めた。和《なご》む光景だ。

今日の収穫を完了し、私たちは森をあとにする。

帰り道の「石壁と竈《かまど》のエリア」にあった魔法ワゴンで夕食を買い、近くのベンチに座ってカマルと食べた。不思議と、彼と一緒にいるのは落ち着く。

まるで、長年の友達みたいに気が合うし、話がしやすいのだ。

「ホット・ピロ」という名のパンの中には、チーズとキノコモドキと肉が入っている。カマルは味違いを選んでいて、バルーントマトとボムナスと肉入りだ。

シュエには、寮から持ってきたケット・シー用のご飯をあげた。大人しく、ベンチの下で食事している。

「おいしいね、アメリー。ワゴンの料理は、魔法都市に来るまで食べたことがなかったんだ」

「私もだよ。地方都市だから、ワゴンなんてしゃれたものは来なくて」

「口元にソースがついているよ？」

カマルは不意に伸ばした指で私のソースを拭い、自分の口元へ運んで舐め取ってしまった。

「……！」

頬に勢いよく熱が集まる。ときおり、彼はびっくりするような行動を取るのだ。

その度に、気恥ずかしいような不思議な気持ちになった。

仲良く夕食を頬張っていると、不意にシュエが顔を上げる。

「どうしたの？」

視線の先を見ると、ヨーカー魔法学園の制服を着た生徒が、集団で歩いてくるところだった。

小物が赤いので、赤薔薇寮の生徒だろう。

その中の一人が、シュエを目にして私たちの方へと近づいてくる。

残りの「ホット・ピロ」を口に詰め込んだ私は、緊張しながら生徒を見上げた。

赤薔薇寮の生徒は、不敵な笑みを浮かべて私に話しかける。

「見覚えがある魔物がいると思ったら、俺が捨てた白いケット・シーじゃないか。保護施設の職員が回収していったが……一年生、お前が引き取ったのか」

彼の言葉で、シュエをネグレクトしていたのは、この生徒だと察してしまった。

抱き上げたシュエを上着の中に隠した私は、黙って生徒を見つめる。

シュエの元飼い主は、私に値踏みするような視線を向けていた。

「見ない顔だ。今年の平民枠か」

「……そうですけど」

「平民には粗悪な中古品がお似合いだな」

粗悪品とは、もしかしなくともシュエのことだろう。それを聞いて、私は思わず頭に血が上ってしまった。シュエは、可愛くて賢い子だ。粗悪なところなんてない！

「私の大事な使い魔に、酷いことを言わないでください」

上着の中のシュエを守るようにぎゅっと抱きしめ、私は生徒を睨《にら》みつけた。

聡いシュエは、きっと彼の言葉を理解している。それを思うと、胸が苦しくてたまらない。

これ以上、この子に辛い思いをさせたくなかった。

生徒は見たこともないような蜥蜴《とかげ》型の魔物を連れていた。シュエの代わりに育てている使い魔だろう。

灰色の皮膚《ひふ》に、ぎらついた金の瞳。主人の怒りに同調したように、裂けた瞳孔《どうこう》が私を捕らえている。大きさは、人間の大人ほど。

「平民の分際で、俺に指図する気か？　侮辱《ぶじょく》罪には、相応の罰を与えてやらんとな」

傲慢《ごうまん》な笑みを浮かべる赤薔薇寮の生徒は、使い魔をけしかけるように前へ押しやる。

「こいつは、今の俺の使い魔……アッシュドラゴンだ。まだ幼体だが希少で、ケット・シーなんかとは格が違う。お前など、一瞬で灰にできるだろう」

これは、きっと脅しだ。いくらなんでも街中で、そんな愚かな行為はしないと思いたい。

ここには、無関係の通行人もたくさんいるのだ。

「言い忘れていたが、俺は侯爵家の人間だから、罪に問われることはない。我が家の力を使えば、何が起きても『不幸な事故に巻き込まれた』で終わりだ。喧嘩《けんか》を売る相手を間違えたな」

アッシュドラゴンが私を威嚇《いかく》するように大きく羽ばたくと、風圧で近くのワゴンの看板や屋根が吹き飛ばされた。なんて迷惑な……

「自分の使い魔にそんなことをさせて、心は痛まないの？」

「いかにも平民が言いそうな言葉だな。卒業した魔法使いの大半は国の軍事職に就き、多かれ少なかれ、人を殺《あや》めることもある。それが早まっただけだ」

生徒の指示で、アッシュドラゴンは私を脅すように爪を振り上げた。

以前の使い魔を放棄し、今の使い魔を街中で暴れさせて、彼は生き物をなんだと思っているのだろう。自分の使い魔が、他人から恐怖や憎悪の視線を向けられても、なんとも思わないのか。

目の前の生徒の思考が理解できない。

ドラゴンの攻撃を避けるため、とっさに覚えたての防御の魔法を展開する。

「か、壁！」

すぐに、双方の間を遮るようにヘドロ色の大きな壁が現れた。

「汚らわしい。さすが、平民の魔法だな」

鼻で笑う赤薔薇寮の生徒は、敵意をあらわにしたアッシュドラゴンをなおもけしかける。

ドラゴンは、鋭い前足の爪を掲げ、今度こそ本気で私に突っ込んできた。

あんなものをまともに食らっては、怪我だけでは済まない。壁を出したままの私は、衝撃を覚悟して目を閉じる。

しかし、「ギャー!!」と悲鳴を上げたのは、壁に突進したアッシュドラゴンの方だった。

「えっ……？」

恐る恐る目を開くと、なんと壁にドラゴンの爪が埋まっているではないか！

ドラゴンは、どんどん壁に呑み込まれていく。しかも、抜けないみたいだ！

もしかして、ドラゴンを吸収しているとか……⁉

ヘドロの壁は、明らかに普通ではない。上級生も焦っている。

「お前、ドラゴンがいくらしたと思っているんだ！　平民が一生に稼ぐ金の何十倍もするんだぞ！返せ‼」

「そう言われましても」

答えつつ、とりあえず魔法を解いてみた。

ヘドロぬりかべが消えるとドラゴンは解放され、戦意を喪失した様子で主の方へ逃げていく。

よほど怖かったのか、しょんぼりしている。再び襲いかかってくる様子はない。上級生は、相変わらずけんか腰だけれど。

そっちが襲ってくるから、防御しただけなのに……理不尽だな。

「お前ら、ただで済むと思うな。直接俺が潰してやる」

そう言って、生徒は攻撃をするため、短い杖を取り出した。しかし、それより速く動く影が……

「カマル⁉」

瞬間、生徒とドラゴンの周りに透明な壁が何枚も現れ、彼らを囲い込んだ。

勢い余って発射された生徒の魔法は、壁に跳ね返って彼に直撃している。幸い、威力はさほどないようだ。

「何をする！」

よろけながら憤慨している上級生に対し、カマルが言い放った。

「あなたのしたことは、立派な違反行為だ。学園の教師にこのことを伝えるよ。その間、広場で反省するといい」

心なしか、カマルの声がいつもより低いように感じる。視線も鋭い。

「ふざけるな、さっさと壁を解除しろ！　俺は忙しいんだ、貴族ともなれば用事がたくさん……」

「そうだね、たくさんあるよね。まずは、ここの人たちに謝罪したら？　あなたの使い魔のせいで、周りの店に被害が出ているよ」

カマルの言うとおり、ドラゴンの羽ばたきのせいで、ここで商売していたワゴン式の店は、屋根や商品や看板を飛ばされている。

屋根や看板は店員の魔法で修復されたが、商品である食べ物は戻らない。一度地面に落ちたり、破損したりした食べ物を客に出すわけにはいかないからだ。店の信用に関わる。

上級生は、仲間に助けを求めるように、背後を振り向いた。

しかし、彼の仲間は既に学園へ帰ってしまっている。平民の下級生などに興味はなかったのだろう。

「くそっ！　こうなったら、お父様の力で、お前らが学園にいられないようにしてやる！　今後、普通に生活できると思うなよ！」

生徒の言葉に、血の気が引いていく。

ヨーカー魔法学園が、私の唯一の居場所なのだ。それを奪われたら、私には帰る場所がない。

さらに、カマルまで巻き込んでしまうことになる。

「大丈夫だよ、アメリー。そんなことはさせない」

「カマル？　でも……」

私に笑顔を向けたカマルは、つかつかと生徒に近づき、冷たい声音で告げた。

「そっちがその気なら、僕にも考えがある。学園にいる間は、貴族も平民も共に学ぶ決まりだ。あまり権力を持ち出さないことだね。あなただって、家族を巻き込みたくはないだろう？」

いつもは穏やかなのに、ギャップがすごい。こんな彼を見るのは初めてだ。

「何を言っている！　そんな真似ができるわけがないだろ！」

「国外への干渉にはなるけれど、うちの方が国力は強いし。なんとかできると思っているよ？」

彼の言葉を聞いて、最初は激高していた上級生が、徐々に顔色を失い始めた。

「お前、まさか……赤薔薇寮長に勧誘されていた新入生か？」

「そんなこともあったね」

カマルは生徒に背を向け、シュエを抱く私の背に腕を回す。

「行こう、アメリー。もう大丈夫だから」

「え？　え？」

わけがわからないうちに、私は「石壁と竈《かまど》のエリア」から連れ出されてしまった。

そして、いろいろあったけれど、私たちは無事に黒撫子寮に到着した。

今は、シュエを連れて談話室で休憩中だ。

あのあと、ジュリアス先生にきっちり相談したので、赤薔薇寮の上級生の件は大丈夫だと思う。

トールさんにも相談するかとカマルに聞いたところ、猛反対された。トールさんは過保護なので、心配をかけたくないらしい。

「そういえば、カマルって、外国のすごい貴族なの？」

赤薔薇寮の生徒もびっくりしていたくらいだ。ああもうろたえるなんて、もっと身分が高いということだよね？

普段は気さくに接してくれるカマルだけれど、雲の上すぎる存在かもしれない。

彼は困ったような微笑みを浮かべ答えた。

「うーん、そこそこ……かな」

はっきりとは教えてくれない。

答えたくなさそうなので、無理に聞きだす真似はしないけれど、ちょっと残念だ。

思うところがあったのか、カマルは後悔するように眉尻を下げた。

「あまり自分の家の力を持ち出したくなかったけれど、権力を笠に着るタイプには権力で返すのが一番効くからね。手っ取り早く、実家の力を使っちゃった」

一人で反省している彼に、私はお礼を言う。彼が気に病む必要など、どこにもない。

「カマル、今日は助けてくれてありがとう。あなたのおかげで、退学処分にならずに済んだよ。怪我をすることもなかったし。一度に何枚もの魔法の壁を出すなんて、カマルはすごいね」

私なんて、ヘドロ色のぬりかべしか出ないのに。

「アメリーの魔法の壁は、どういう仕組みなんだろう？　僕らの魔法とは明らかに違うよね」

思っていることが伝わったかのように、カマルが私の壁の話題を出した。

「同じ魔力過多なのに、カマルはヘドロ色にならないよね」

「だとすると、昔、あのあとに……いや、なんでもない」

「あのあとって？　気になるんだけど」

質問しても、曖昧《あいまい》に笑って誤魔化されてしまった。何かを隠されている。

前にも「覚えていないなら」と言っていたけれど、一体なんのことだろう。

記憶にある限り、カマルに出会ったのは入学後のはずで、魔力過多だと判明したのも最初の測定のときだ。

それ以前の接点なんてないのに、なんだか違和感を覚える。

喉の奥に小骨が刺さったような、頭の奥に靄《もや》がかかってしまったような。

上手く言い表せないけれど、私は何かを忘れているのではないだろうか。

……確信は持てないし、ただの憶測だけれど、カマルが嘘を言っているようには思えないもの。

カマルの言う「昔」を思い出せないまま、私は談話室をあとにした。

そろそろ休んで、明日の授業に備えなければならない。

ベッドに腰掛けると、足下にふんわりした感触があった。驚いて下を見ると、シュエが座っていて、スリスリと私の足に頭をすり付けている。

「シュエ……？」

優しく呼びかけると、青い瞳が私の方を向いた。

「ニャー」

今まであまり懐かなかったシュエが、歩み寄ってくれた気がする。

「おいで」

私はそっとシュエを抱き上げ、ベッドの上に置いた。

ふかふかの毛並みを優しくなでると、シュエはゴロゴロと甘えるように喉を鳴らす。

「ありがとう、シュエ。大好きだよ」

心を開いてくれた使い魔と一緒に眠りにつく。

部屋の明かりを消すと、窓の外に大きな赤色の三日月が輝いていた。

※

――暖かい、薄緑色の木漏れ日が差し込む。

明るい森を元気良く駆け回っているのは、幼い日の私だ。

この頃は、まだ母が生きていたし、ドリーやサリーの存在も知らなかった。

父の方針で普段は家の外に出ることはなかったので、旅行に行ったときの光景だと思うのだけれど。
もう一人、金髪の少年がいるが、名前も素性も覚えていない。
後ろ姿しか見えない彼のことを、私は大切に思っていた気がする……
仲良しだったはずなのに、どうして何も覚えていないのだろう。

――しばらくして、風景が切り替わった。
冷たい石壁に覆われた真っ暗な部屋の中に、私は少年と閉じ込められている。
その場所に私は恐怖を感じていて、ここから出してと扉をたたきながら叫んでいた。
そこへ、妖しい虹色の光と煙が迫ってくる。
あれは悪いものだ、巻き込まれてはいけない。本能的にそう思った。
少年を逃がそうと出口を探すものの、扉は固く閉ざされていてびくともしない。
他の出口を見つけないと！
少しして、私は、石壁に子供一人が通れそうな穴を発見した。
でも、高い場所にあるので背が届かない。取れる手段は限られる。
「仕方がないね……」
そう言うと、私は友達を力一杯背負い上げ、「あなただけでも逃げて！」と叫ぶ。
大事な友達に、危険な目に遭って欲しくなかったのだ。
渋る彼は「助けを呼んでくる！」と言い残して穴の奥へ消えた。

けれど、もう間に合わない。わかっている。

残された私は直後、ケバケバしい色の光と煙に襲われた。

強烈な目眩《めまい》がして、体中が熱い。最悪な気分だ。

泣き叫んで、父に助けを求めるけれど、救援など来るはずもない……

このままでは、壊れてしまう。

――もう駄目、怖い！　蓋をしなきゃ！

――これ以上熱くならないように、熱いのが外に出ないように！

苦痛で限界を迎えた私が、何をしたのかはわからない。

けれど、耐えがたい熱さは、徐々に体の奥へと引いていったのだった――


唐突に、今まで見ていた景色が一面の黒に切り替わる。

わけがわからず、私は混乱した。モフモフしたものが顔に乗っているようだ。

「うっぷ！」

モフモフを押しのけて目を開けると、そこには見慣れた風景が広がっている。

黒撫子寮にある簡素な自室だ。

傍らで、シュエが「早く朝食を出せ」と鳴いた。モフモフの正体はシュエだったようだ。

「おはよう、シュエ。夢か……」

シュエのご飯を用意し、私も食堂で朝食を食べ終え、その後は鞄《かばん》を持って授業へ向かう。

「シュエも一緒に行く？」

「ニャッニャー！」

返事をしたシュエは、私の肩に飛び乗ってきた。結構重い……

途中でカマルに会ったので、一緒に教室へ行くことにする。

裏山方面へ歩いていると、挙動不審な様子でうろうろしている緑色の頭が見えた。制服には赤い小物がついている。

「……サリー？」

裏山付近は、Ａクラスが使わないエリアなのに、何をやっているのだろう？

近づくと、私に気づいたサリーが小走りで駆け寄ってきた。そして、開口一番に私を糾弾する。

「お姉様、どうして、あんな酷いことをするの⁉」

「……酷いって？」

サリーが何を言っているのかわからない。

というのも、ヨーカー魔法学園へ入ってから、サリーとの接点はほとんどなかったからだ。彼女に酷いことをしようがない。

にもかかわらず、サリーは両手を握りしめて俯《うつむ》く。

「自分がしたことを、酷いとも思っていないのね。赤薔薇寮の先輩を退学処分にしたでしょう⁉」

「なんのこと？」

本当に身に覚えがないのだ。私は貴族を退学させる力なんて持っていない。

「ごめん、僕のせいだ」

うろたえる私に向かって、後ろから歩いてきたカマルがすまなそうに言った。

「魔法都市での事件が、おじさんにばれたんだ。あの生徒、他にもいろいろ問題を起こしていたみたいで、侯爵家に強制送還されるんだって」

なるほど、トールさんが動いたのか。

カマルの大叔父である彼もまた、力を持つ貴族に違いない。

しかし、何を思ったのか、サリーはカマルを発見してさらに勢いづいた。

「カマル・マラキーア様、入学式以来ですわね！　ねえ、聞いてください。お姉様ったら酷いのですよ。赤薔薇寮の先輩が飼育していたドラゴンを魔法で傷つけたの！　どうして、そんな意地悪ばかりするのかしら！」

勘違いしているらしい彼女は、いかに私が酷い事件を起こしたかを、切々とカマルに訴えている。

けれど、カマルも現場にいたので、事情はわかっていた。

彼との距離が近い……

彼は私に代わり、サリーに説明してくれる。

「誰から何を聞いたのかわからないけれど、街でドラゴンが暴れたから、アメリーは正当防衛をしただけだよ？　正面からドラゴンの攻撃を受ければ、今頃大怪我では済まなかったはずだ」

「それにしたって、やりすぎです。可哀想に、あのドラゴン、以前とは別人のようにシュンとしているのよ？」

よほど、ヘドロの壁が怖かったのだろう。私も、あんなのに吸い込まれたら嫌だ。

「サリー。授業に遅れるから、私はもう行くね」

カマルと連れだって歩きだす私に向かって、サリーは大声を上げた。

「お姉様、いい加減、マラキーア様を解放してあげて!!」

「へっ?」

今度は、何を言いだすのだろう。きょとんとする私を横目に、サリーはさらにカマルに接近して、しなだれかかる。

「ねえ、マラキーア様。私と一緒にAクラスでお勉強しましょう? どうして、Bクラスや黒撫子寮なんかにいらっしゃるの? 私から、先生に取りなして差し上げますわ」

今度は彼の腕に自分の腕を絡め始めた。

男子に対して、サリーがよくする行動なのだけれど……なぜだろう、胸がとてもモヤモヤする。

私の大事な友達に、そんな風に近づかないで欲しい。

無表情のカマルは、素早くサリーの腕をほどいて答える。

「僕は好きでBクラスにいるから、放っておいて」

「信じられないですわ、お姉様の我が儘に付き合う必要なんてないのに。ぜひ、赤薔薇寮へいらしてください。私たち、あなたを歓迎いたします!」

「黒撫子寮も気に入っているんだ。それじゃあ、僕たちは先を急ぐから」

素っ気ない態度のカマルは私の手首を掴み、早足でその場を逃げだす。振り返れば、「信じられない」という表情で目を見開くサリーの姿があった。

そのまま、教室の前まで移動したカマルは、ようやく足を止める。

「……ごめん、アメリー。腕を引っ張っちゃって」

「ううん。むしろ、あの場から連れ出してくれて助かったよ」

「それにしても、強烈な妹だね。アメリーに全然似ていない。君のことを、あんな風に悪く言うなんて。いろいろと……本当に許せないよ」

いつになく低い声のカマルは、サリーのことをよく思っていないようだ。

こんな風に言ってくれるのは彼やミスティたちくらいで、大体の人間はサリーの言葉を鵜呑《うの》みにして私をなじる。

「アメリー、気にすることないよ。僕もジュリアスもクラスの皆も、真実をわかっているから」

「ありがとう、カマル」

私は、小さく頷いた。辛いことも多いけれど、理解してくれる人もいる。

まだ、大丈夫だ。私はやっていける……そう思った。


教室に到着後、いつも通り授業が始まる。

「今日は、競技場での飛行演習と、攻撃魔法の練習を行う。ボードレースも近いことだしな」

ジュリアス先生の言葉に、生徒たちから戸惑いの声が上がった。

というのも、Bクラスは今まで、競技場での練習を禁止されていたからである。

学園側の差別のせいで、教室周辺や魔法薬学の実験室くらいしか使っていない。ノアが首を傾《かし》げつつ、質問した。

「いいのか？　俺らが競技場を使っても」

「問題ない。許可はもらってある」

それなら、喜んで競技場を使おうと、生徒たちははしゃいだ。

先生の魔法で、瞬時に競技場へと移動する。

競技場は学園の西側にあり、黒撫子寮から、中央の校舎を挟んで対極に位置する施設だ。ここでは、各種競技や学園行事が開催される。

Bクラスが裏庭で行う外での授業を、Aクラスは競技場で行うことが多かった。

競技場は、だだっ広いグラウンドのような場所だ。中央には闘技場のような白い床があり、その周囲はトラックのように一周できる仕組みになっている。

トラックの向こう側には、競技場を取り囲むように客席が設けられていた。

「すごいね、カマル。こんなの、初めて見たよ！」

巨大な空間を前に、私は興奮した。ボードを掴む手に力がこもる。

ボードレースは、ヨーカー魔法学園だけでなく、魔法都市全体を巻き込んだ、お祭りのような行事らしい。

思ったより大規模だと知って、私は黒撫子寮の出場選手を辞退したくなった。

スタート地点は競技場で、そこから学園を出て魔法都市に飛び出す。

「石壁と竈《かまど》のエリア」「車輪と桟橋のエリア」「風と緑のエリア」「飴玉と刺繍《ししゅう》のエリア」「胞子と砂《さ》塵《じん》のエリア」を順に回り、また競技場に戻って終わりだ。

なお、競技中、参加生徒には妨害の魔法玉の使用が許可されている。殺しは御法度だが、毎年怪我人は出てしまうのだとか。

もちろん、そんなときのための医療班は、しっかり揃っているのだけれど。

ボードの扱いもサマになってきたので、私は競技場内を自由に飛び回る。

回転飛行や重力無視の飛行、急カーブや急発進もお手のもの。

ただし、気を抜くと、空に向かって大砲のごとく発射してしまうので、注意しながら飛んでいる。

ガロは、先生の薔薇色のボードを借りていた。すごく派手だ……。

毎週末、魔法農園で働くようになった彼は、アルバイト先でかなりの好待遇を受けている。近々、自分用のボードを買えるかもしれないとのこと。

「そろそろ、ボードの免許を取ってもいい頃だな」

ジュリアス先生がポツリと言葉を漏らし、生徒たちが一斉に反応する。

ボードがあれば、魔法都市の移動が格段に楽になるのだ。

特に、方向音痴《おんち》の私は、迷子から解放される。

「よし、今日の放課後は免許講習を行う。参加希望者で都合の悪い者はいるか？」

ジュリアス先生の問いかけに、全員が首を横に振る。

この日の放課後は全員参加できるらしく、唐突に免許講習が行われることになった。

ボードレースでは、ヨーカー魔法学園を出て魔法都市内を飛ぶので、出場するには免許が必須。免許取得には、座学の講習と監督者付きの課外飛行訓練、免許取得試験（筆記・飛行）を受ける必要がある。試験に合格すれば、免許が取得できるのだ。

「座学は既に行っているから、課外飛行訓練へ出かけよう」

放課後、私たちは、魔法都市へ訓練に行くことが決まった。

「免許に興味があるなら各種紹介する。今のＢクラスであれば、初級アイテム販売の免許も取れるだろう」

「なんですか、それは？」

ミスティが興味津々な様子で、ジュリアス先生に尋ねる。

「自分の作ったアイテムを売れる免許だ。初級なので、販売場所は学園内と、魔法都市内にあるギルド限定。売れる物も簡単なアイテム限定だけどな。黄水仙寮の生徒は全員取得しているし、上級生の中には中級免許を持つ生徒もいる」

「お金が稼げる……！」

私とガロの目が揃って輝いた。平民にとって、この免許は願ってもないものだ。

「初級アイテム販売の免許は別の管轄《かんかつ》なので、興味があれば学生課へ行くように。薬草採取や魔物駆除の免許もだ」

「先生の管轄《かんかつ》している免許は……他に何があるの……？」

今度はハイネが、慎重に質問する。

「エメランディア国内なら、特別魔物飼育免許や転移陣作成免許、特別魔法薬取り扱い免許（全種）、教員免許、医療魔法免許などだ」

「……ということは、先生は……国外の免許も扱っているのかしら……？」

「国際魔法検定（全級）、魔法大国魔法職適性試験、国際魔物駆除免許、禁術取り締まり免許など、合計五十種類以上管轄《かんかつ》しているが、今のBクラスにはまだ早い。国際的な資格を取得するには、魔法大国への留学が不可欠だしな」

——先生って、何者!?

免許を取るのに、お金はかからないらしい。

それなら将来のために、国内の資格を積極的に取得したいな。


放課後の免許講習の前に、まだ本日の授業が残っている。杖を使った、攻撃魔法の基礎の授業だ。

今回も、貴族組はある程度家庭教師に習っているのだとか。

とはいえ、詠唱なしで攻撃魔法を使うのは初めてなようで、一緒に授業を受けている。

特に抵抗なく、クラスメイトたちは詠唱なしの方法を受け入れていた。

「魔法の壁を作ったときと同様に、魔法媒体へ魔力を流し込み、頭で魔法をイメージしながら外に放つ。最初は水の玉を出す」

そう言うと、ジュリアス先生は拳大の水の塊を出して、近くの壁にぶつけた。

壁を壊すような威力はない、水風船を投げつけたレベルの攻撃魔法だ。

「先生～、炎の魔法の方が派手じゃね？　普通はそっちから始めるって聞いたぜ？」

ノアが首を傾《かし》げると、先生は質問を予想していたように苦笑いした。

「攻撃魔法は安全な属性から学ぶのが鉄則だ。Aクラスでは魔法を暴発させた生徒がいて、数人が火傷《やけど》を負っている」

「マジかよ。小さな火の玉を放つだけの魔法だろ？」

「火の玉を放てない生徒がいたのだろう。最初の魔法は水か風、次に土が適している。ノアの好む炎や雷は最後だ。昔は魔法を学ぶ順序などお構いなしだったが、最近の教育現場は変わってきている。この国は遅れている方だな」

それぞれが魔法媒体から水の魔法を放つ練習をする。

今回も、一番早く無詠唱の魔法に成功したのはカマルだった。

綺麗な水の玉が、ほどよい速さで壁に命中する。

「カマル、すごいね！」

本当に、「わざわざエメランディアに留学する必要はないのでは？」と思うほどの実力だ。

「アメリーもすごいね。立派に攻撃できそうな魔法で」

「いや、これは……」

私は、杖からものすごい威力で発射され続けるヘドロ水を眺め、微妙な気持ちになった。

色はともかく、競技場の壁を高圧洗浄できそうな威力だ。

Aクラスで魔法を暴発させた生徒をとやかく言えない。

「アメリー。流しっぱなしじゃなくて、水の玉を作るイメージを強めてみたら？」

「わかった」

カマルの助言を実践すべく、私は魔法をやり直してみる。

向こうでは、ノアが噴水を発生させ、ジュリアス先生が水を被る事故が起こっていた。

ミスティとハイネは、なんとか魔法を完成させている。

ガロの杖からは、ちょろちょろと少量の水しか出ていない。

今回も、平民組が苦戦しそうだ……

初級魔法をクリアしないことには、勝手に魔法の自習をすることも許可されない。魔法をイメージして、何度も挑戦してみると……今度こそ、水の玉ができた！

相変わらずのヘドロ色だけれど、とりあえず気にしない!!

喜んで振り向くと、意外と近くにカマルの顔があってびっくりした。

彼の方も驚いたようで、顔がほんのり赤くなっている。

「やったね、アメリー」

「う、うん。ヘドロ色だけど」

「飲み水じゃないし、いいと思う」

「……そうかな」

なんとなく、気恥ずかしい。

その後は連続で魔法を出す練習をしたり、クラスメイトと魔法で水かけ合戦をしたり、ついでに風魔法で水を乾かす方法を覚えたりもした。

……私のヘドロ水は大変恐れられた。

そうして、なんだかんだで、クラス全員が魔法を取得できたのだった。

※

いよいよ、免許講習の時間がやって来た。

クラスメイト全員が楽しみにしているので、皆のはしゃぎっぷりがすごい。

教室を出た私たちは、先生の魔法で魔法都市の「風と緑のエリア」へ転移した。

放課後の「風と緑のエリア」は茜《あかね》色の夕日に照らされており、荷運びを終えた魔法気球が集まっている。優しい風に吹かれながら少し移動すると、何もない平野が広がっていた。

ここで練習し、大丈夫そうなら他のエリアへ進むとのこと。

正式な免許を得るまでは、教員同伴でないと飛ぶ行為を許されない。

私は「風と緑のエリア」の空を好きに飛び回る。

ボードは二人乗りもできるので、一番操縦の上手なカマルの後ろへ乗せてもらったりもした。

二人乗りでは、振り落とされないよう、カマルの背中に掴まる。

「アメリー、もっとしっかり掴まって。危ないよ」

「こ、こうかな……？」

私はカマルを抱きしめる腕にぎゅっと力を込めた。

「う、うん。そのままでいてね…………はぁ、尊い。素直すぎる……」

カマルは何事かつぶやきながら頬を赤く染めていたので、無理をさせてしまったかもしれない。

人数が増えれば増えるほどボードの重さが増し、操縦が難しくなるのだ。

「慣れてきたな。それじゃあ、次のエリアへ移動するぞ。ここより人が多いから、飛行には気をつけるように。特にノア」

ノアは過去にボードを暴走させたことがあるので、先生がしっかり監視している。

私たちは「風と緑のエリア」の隣、西側に位置する「飴玉と刺繍《ししゅう》のエリア」へ向かった。

空を移動しながら、貴族の子たちの説明に聞き入る。

「あのね『飴玉と刺繍《ししゅう》のエリア』は、魔法都市で一番新しくできた街なの。流行の発信地で、若者の間で有名なお店がたくさん出ている場所」

「……そう……占いの店も多い。老舗《しにせ》は『石壁と竈《かまど》のエリア』に集中しているけど……若い魔法使いは、『飴玉と刺繍《ししゅう》のエリア』に、店を出す」

「可愛い系のお店が多いよね。魔法衣料や魔法菓子、今風の魔法グッズなら大体揃うよ」

これから行く場所は、流行に敏感な魔法使いが集まる場所のようだ。

ボードに乗りながら、ゾロゾロとジュリアス先生のあとをついていく私たち。

まるで、カルガモの親に続く雛《ひな》の行進みたい。

上空から見る「飴玉と刺繍《ししゅう》のエリア」は、新しい街だけあって綺麗に区画整理されている、とても活気に溢れた場所だった。

雑多で昔ながらの「石壁と竈《かまど》のエリア」とは、また違った賑やかさだ。

そして、屋根がキノコのような球状でパステルカラーの建物が多い。不思議な空間だ。

ミスティ曰く、夜はこの屋根がぼんやりと光るのだそう。

お菓子の看板を掲げている店の煙突からは、屋根と同じくパステルカラーの煙が出ていた。甘い香りがする。

「お店のベランダに……たくさん植えられている、あの花……夜になると光を吐き出す。綺麗……」

カマルを除く貴族組は、過去に訪れたことがあるらしい。

けれど、学園在学中の今は門限が決められていて、遅れると罰の雑用が待っている。

夜に魔法都市を歩ける機会は、あまりなさそうだった。

「アメリー、今度、『飴玉と刺繍《ししゅう》のエリア』を見に来ようよ」

私が街をじっと眺めていたため、カマルが外出に誘ってくれた。

「うん、行こう。ありがとう、カマル」

「次のエリアも、初めて訪れる場所だよね」

続いては、「胞子と砂塵《さじん》のエリア」へ向かう。

このエリアは魔法都市の南側にあり、白くて広い砂地と湖が広がっている。

夏にはたくさんの人々が水浴びをしに訪れるそうだ。

徐々に砂地と湖が見えてきた。日も沈みかけ、湖面から涼しい風が吹いてくる。

「夏になったら、全員で泳ごうぜ！」

ノアの提案に、全員で賛成する。水着くらいなら買えそうだし、私も行きたい。

「ハイネ、アメリー、『飴玉と刺繍《ししゅう》のエリア』で可愛い水着を探そう」

ミスティの提案に、私は笑って頷いた。男子三人組はソワソワしている様子だった。

残りのエリアを回って、無事魔法学園に到着した私たちは、教室で解散する。

必要な「課外飛行訓練」は問題なく完了したので、あとは「免許取得試験（筆記・飛行）」のみだ。

「全員遅れず飛べたようだな。では、来週に『免許取得試験』を執《と》り行う」

ジュリアス先生の決定に「ええっ!?」、「早っ！」など、生徒から声が上がる。

飛行は、今日の感じで頑張ろう。筆記も、気合いを入れて勉強しないと！

私は、やる気に燃えていた。

※

サリー・メルヴィーンは不機嫌だった。

真っ赤な薔薇に囲まれた美しい庭園。

その中央にある白い噴水近くの東屋《あずまや》を占拠し、一人で大きなため息をつく。

手元には、可愛らしい花束や高価な香水、評判のケーキや希少なアクセサリーがあった。

全部、学園の男子生徒から貢《みつ》がれたものだ。

それらをベンチに並べて今日の成果を確認しつつ、花束を持ち上げる。

「いい香りで心を静めなきゃ……今の顔は、とても他人には見せられないわ」

そう。全部、全部、あの女のせいだ。

「でき損ないのアメリー……」

姉の姿が脳裏に浮かび、気づけばぐしゃりと花を握りつぶしていた。

「あら、嫌だわ。せっかくもらった花束が」

折れた花を地面にうち捨て、サリーは空を見上げる。

カマル・マラキーアはサリーの獲物だ。この学園で、彼ほどの地位を持つ者はいない。

入学前から目をつけていたし、入学式でも声をかけに行った。なのに……！

（――どうして、なんで、私じゃなくてアメリーなんかと一緒にいるのよ!!）

「目が悪いんじゃないの!?　そこは、どう考えても、私を選ぶべきでしょう!?　あんな冴《さ》えない女を庇《かば》うなんて、どうかしているわよ!!」

苦々しい気持ちを吐き出し、サリーは我に返る。

幸い、周囲に人の気配はなく、サリーの声を聞いた者はいなそうだ。

「ここのところ、いろいろと上手くいかないわね」

先日の授業で、炎の魔法を失敗してしまった。

巻き込まれた数人はすぐ治療されて無事だったが、サリーは大いに動揺している。

魔力測定で出た結果は、「魔力過多」で「特殊型」。

国内で重宝される、選ばれた存在のはずなのに。

支給された、魔力を抑える魔法道具がなくても、サリーは今まで一度も魔法を暴走させていないのだ。

（馬鹿にしないでよね。私は、「失敗作」のアメリーとは違うの）

人前では「お姉様」などと呼んでいるが、サリーはアメリーを姉だと思ったことなど一度もない。

同い年だし、あんな女は、ただの邪魔者だ。

あいつさえいなければ……と、何度願っただろう。


サリーたち母娘は、とても貧しかった。

母は酒場の給仕係だったけれど、度々男の人とどこかへ消えていた。

そうでもしないと雇い続けてもらえない、そんな職場だった。

まだ子供で役に立たないサリーは、ボロボロの服を着て食べ物に飢《う》えていた。

幼い頃、一度だけ遠くから父を見たことがある。買い物のため、母に連れられて街へ出たとき、彼女が偶然父を発見したのだ。

『サリー、彼が、あなたの父親なのよ』

父は、綺麗な女の人と、サリーと同じくらいの少女と一緒に歩いていた。

仕立ての良い服に身を包み、清潔な姿で並ぶ三人は、見るからに「家族」といった雰囲気を出していて、大いにサリーの心を乱した。惨《みじ》めだった。

――私だって、あの人の娘なのに……なんで！

――お化粧をして、高い服を着れば、私の方が絶対に可愛いし！

サリーがアメリーに敵意を抱き始めたのは、このときからだ。

以来、ずっと、光り輝く舞台に立つ未来を夢見ていた。

――私は、こんな場所でくすぶっていい人間ではないのよ！

――大きな家に住んで、高級なものを身につけて、使用人に世話をされて毎日楽しく過ごしたい！

母も思っていることはサリーと一緒だったようで、今にも射殺しそうな目でアメリーの母親を睨《にら》んでいた。

その数年後、酒場を訪れた父によって、サリーは「成功作」の「特別な子」になった。

彼がサリーを思い出したのは、アメリーが「失敗作」になってしまったからだけれど。

それでもいい。「成功作」のサリーは、父にとっても国にとっても、選ばれた存在になれたのだから。

アメリーの母親が亡くなったのを機に、サリーたち母子は移住の準備を整え、メルヴィーン商会へ乗り込んだ。

母とサリーは父をたらし込み、また父も「成功作」のサリーを可愛がり、温かな家族が誕生。

「失敗作」のアメリーは蚊帳《かや》の外。いい気味だ。

母は父の側近を味方につけて、父亡きあとのメルヴィーン商会を乗っ取った。

相手も打算が働いたようで、後ろ盾のないアメリーよりも、将来性のあるサリーたちを選んだ。

アメリーへの嫌がらせは、サリーが動くまでもなく母が肩代わりしてくれている。

やり場のない前妻への恨みも、これまで嘗《な》めた辛酸《しんさん》も何もかも、母はアメリーにぶつけた。

学園入学と同時にアメリーを家の外に出したのも、その延長線。

才能を持たず退学になって、行き場のなくなった彼女を、昔の自分たちと同じところまで追い落とすことが目的だった。実家へ帰らせる気もない。学園で孤立させるため、始業式で裏口入学の噂も流してやった。

なのに、ここへ来て、アメリーが頭角を現し始めたのは気に入らない。

魔力の種類こそ「普通型」だが、魔力量が急激に増えたなどと聞いて、サリーは面白くなかった。

優れた才能を持つ魔力過多の女子生徒は、自分一人で十分だ。

（アメリーなんて、私の陰に一生埋もれていればいいのよ。表へ出てくるな！）

せっかく仲良くなった侯爵家の息子が退学になったのも腹が立つ。

赤薔薇寮の中でも、彼は、かなり良い家柄だったのに！

お金だって腐るほど持っていたのに！

まだまだ、たくさん貢《みつ》がせたかったのに！

――アメリーは、それを全部台無しにした!!

（しかも、私を差し置いて、あのカマル・マラキーアと仲良く過ごしているなんて!!）

絶対に許せない!!!!

――彼の隣に立つのはお前ではない、私よ！

凶悪な顔でギリギリと歯がみしながら、サリーはベンチから立ち上がる。

（排除してあげるわ、お姉様……失敗作のお前には、掃きだめがお似合いなのよ）

運良くというべきか、そこへ赤薔薇寮の同級生が数人通りかかった。

身近な貴族の子弟たちは、特別な才能を持つサリーを、「聖女だ」などと勝手に持ち上げ、ちやほやしてくれる。地位と金と容姿を兼ね備えた便利な存在だ。

彼らを有効活用させてもらおうと、サリーは魔法道具の目薬をさす。

このアイテムは、使えば一定時間涙が流れ続けるという、サリー御用達のアイテムなのだ。

「どうしたんだい、サリー？　泣いているの!?」

「ううん、なんでもないの」

俯《うつむ》いてみせれば、全員が面白いほど食いついてきた。

「そんなわけないじゃないか。何があったか、僕らに話してごらん？」

「その……お姉様が……」

言いつつ、視線を無残な姿の花束へ向ける。それだけで、彼らは勝手に勘違いした。

今までだって、ずっとそう。グロッタでもヨーカー魔法学園でも変わりはしない。

「まさか、君の姉が、こんなことを？」

肯定も否定もせず、言質を取られるようなヘマは避ける。

彼らには日頃から、アメリーがいかに意地悪か、実家でサリーに辛く当たっていたかという内容を吹き込み続けているから、誰一人として疑わない。

(証拠もねつ造しているしね)

あまりにあっさりと信じてくれるから、サリーが心配になるほどだ。

「私、ただ、赤薔薇寮の先輩のことを注意しただけなの。ドラゴンにも、意地悪をしないでって頼んだだけ。なのに……」

嘘は言っていない。真実も話していないけれど。

――いざというときの逃げ道は、残しておくべきでしょう?

「なんて酷い女なんだ。実家でのいじめや不正入学では飽き足らず、まだサリーを傷つけるとは!」

「わ、私が悪いのっ!」

しくしくと、両手で顔を覆って嘘泣きする。年季の入ったそれは、誰にも見抜かれたことがない。

「そんなはずがあるか。これ以上、サリーを傷つけるようなら……僕らが容赦《ようしゃ》しない」

(はいはぁ～い、それじゃ、私のために頑張って働いてね。せっかくだから、もう少し焚《た》き付けておこうかしら)

手のひらで隠れた口元をにんまりとつり上げ、サリーはひっそりと計画を立てるのだった。

※

あれから一週間、いよいよ今日はBクラスの免許試験の日だ。

ジュリアス先生が指導免許を持っているため、彼さえいれば試験を受けることができる。

午前中は筆記試験、午後は実技試験だ。幸い、天気は晴れである。

まずは筆記試験に臨《のぞ》んだけれど、勉強していたからか、思ったよりも簡単に答えられた。

「たぶん、大丈夫」

続いて、実技試験。先生が一度に六人を見るのは大変なので、二人ずつペアで飛ぶことになった。

コースは、ボードレースと同じ道のりだ。

ガロとミスティ、ノアとハイネ、カマルと私がペアだった。

先の二組が終わり、いよいよ私たちの番が来る。

「緊張しなくても大丈夫だよ、アメリー。いつもの調子で飛べば、きっと合格できるから」

「う、うん……ありがとう、カマル」

彼の言葉は、いつも心強い。

魔力を抑えながら、魔法都市を飛行する。昼の魔法都市は、放課後や休日よりものんびりとした雰囲気だった。

よし、いい感じだ。慎重に飛ぼう……

ジュリアス先生が私たちの飛行をチェックしているので落ち着かないけれど、なんとか暴走せずに魔法都市を一周し、学園に戻ることができた。

裏山の手前にある、いつもの練習場で、クラスメイトたちが待ってくれている。

「おかえり！　アメリー、カマル！」

ミスティが笑顔で駆け寄ってきてくれた。

他のメンバーは、それぞれ手応えを感じているようだ。

「全員終わったな。試験結果は……全員合格だ」

淡々と告げる先生だけれど、どこか嬉しそうに見えた。

「やったー！」

「免許ゲットだ！」

ミスティとノアは大声で、ハイネは静かに、ガロは隠れて涙ぐみながら合格を喜んだ。

私とカマルは顔を見合わせて笑い合う。

「これで、自由に魔法都市を飛び回れるね」

「二人で出かけようね、アメリー」

顔を近づけてくるカマルを前に、私はまたソワソワと落ち着かない気持ちになる。

「うん、一緒に出かけようね」

照れながら答えると、カマルは赤らんだ顔を押さえつつ、何度も何度も頷いたのだった。


翌日は休みで、私は寮の談話室でオリビアさんの話を聞いていた。

「……で、その魔物が学園付近で発見されたんですって。怖いわねぇ」

彼女が話している内容は、最近王都で目撃されている危険な魔物についてだ。

以前、農園でアルバイトをしていた際にも教えてもらった。

まだ捕獲されておらず、一度は「去ったのでは？」と言われていたが、最近になって再び目撃者が出たらしい。魔物には逃げられてしまったようだが、大丈夫だろうか。

「今朝から魔法で結界が張られているから、学園内には入っていないと思うけど～、先生たちは警備隊と一緒に魔法都市を捜索しているみたい。今日は、魔法都市に出かけない方がいいわ」

「そうします」

アルバイトに行きたかったけれど、仕方がない。

その魔物には羽があるらしいので、ボードに乗っての移動も危険なのだ。

話をしていると、寮の入り口からアライグマが入ってきた。口にくわえた封筒を私の足下に落とし、来た道を戻って去っていく。

拾って封を開けると、中に「ボード免許証」が入っていた。それを見たオリビアさんが破顔《はがん》する。

「あら、合格したのね。おめでとう」

「ありがとうございます」

「これで、ボードレースは安心ね」

「う……」

上級生たちと速さを競うのは不安だけれど、寮のためだよね。

私は苦笑いしながら頷く他なかった。

そのあとは、特にすることもなかったので、学生課へ行こうと決める。

初級アイテム販売の免許について聞くためだ。

休日でも、午前中は学生課が開いている。本業が職員のトールさんは、魔物捜索には出ていないだろう。

まだ簡単なものしか作れないが、自分で作った魔法道具を売れば、お金を稼げる。

私は黒撫子寮から校舎へ向かった。

外に出ると、花壇で遊んでいたシュエもついてくる。頭に花びらが載っていて可愛い。

校舎に入り、細い廊下を進み、私は学生課の前までやって来た。けれど、先客がいるようで、中から話し声が聞こえてくる。どうしようか迷いつつ、私は足を止めた。

「それでカマル、君は何をしたいの？　エメランディアを訪れた目的の一つは、例の事件を解決するためじゃなかった？」

学生課の部屋からは、トールさんの話す声が響いてくる。

「そのつもりだよ。だいぶ遅くなってしまったけれど」

中には、カマルもいるようだ。

事件ってなんだろう？　カマルは普通に留学してきたわけではないの？

考え込んでいると、さらに二人の会話が聞こえてくる。

「正直言って、僕はどうしようか悩んでいるんだ。一番の犯人はもういないんだもの。こんな中で誰を裁けばいいの？」

二人の話が何を指しているのか、さっぱりわからない。

「それに、中途半端にメルヴィーン商会に手を出すことで、アメリーに悪い影響がないかが心配だ」

唐突に自分の名前が出たので、私はその場を動けなくなってしまった。

メルヴィーン商会が、カマルたちに何かしたの？　犯人を裁くって？

驚き混乱する私を気遣ってか、シュエが「ニャー！」と大きな声で鳴いた。

中にいる二人に気づかれてしまう!!

会話を盗み聞きするような形になってしまい、しかもその内容には自分も絡んでいるようで、気まずい。私はシュエを抱き上げ、学生課の前から逃げだす。

無我夢中で走っていると、いつの間にか庭を横切り、Bクラスの教室の前へ来ていた。

今日は授業が休みなので、教室の周りはしんとしている。

私、こんな場所まで来て、何をやっているの。

なぜだかわからないけれど、二人の会話の続きを聞くのが怖かった。

「寮に帰ろっか、シュエ」

学生課へ行くのは、今度にした方が良さそうだ。

シュエを抱っこし方向転換したけれど、一歩を踏み出したところで突然体に衝撃を受け、私は地面に崩れ落ちた。

痛い！　誰かの魔法……!?

体に力が入らない。続いて、たくさんの足音が響いてくる。

「おい、当たったぞ！」

「あはは、腐った平民女に天罰だ!!　彼女が聖女のように慈悲深いのをいいことに、好き勝手をして傷つけるから!!」

声の主たちは皆して喜んでいる。ヨーカー魔法学園の生徒だろう。

このままではまずいと判断した私は、痛みに耐えて声を絞《しぼ》り出す。

授業で描いた身体強化の入れ墨のおかげで致命傷にはなっていない。

それがなければ、今の怪我程度では済まなかった。

「シュエ、ここから逃げて。誰か呼んできて……動けないの」

「ニャー！」

シュエは戸惑った風に鳴き、私の顔の周りを行ったり来たりする。

「お願い。ここにいると、危ないから」

かろうじてそう告げた私は、痛みに耐えられず、すぐ意識を失ってしまった。

※

学生課で大叔父トールとの会話中、カマルは覚えのある猫の鳴き声を耳にし、慌てて廊下に出た。

けれど、そこには誰もおらず、何者かが廊下を走り去る足音だけが響く。

鳴いていたのがシュエなら、アメリーも近くにいた可能性が高い。

後ろから顔を出したトールは、「ありゃあ、聞かれちゃったかな」などとつぶやきながらカマルを見た。彼も足音の主に見当がついている様子だ。

ここは、追いかけた方がいいだろう。中途半端な話で、彼女を不安にさせてはいけない。

そうでなくとも、アメリーの周りには問題が多いのだから……

「おじさん、行ってくるよ」

小さくなっていく足音を追い、カマルは校庭へと駆け出した。

本当は、もっと早く伝えるべきだった。でも、伝えたくなかった。

真実を知れば――彼女がもっと苦しむだろうことはわかっていたから。

乾いた風が吹く砂の大地に囲まれた、世界屈指の商業大国。

カマルの暮らしていた砂漠大国トパゾセリアは、独自の宗教が根付いた大きな国だ。

宗教と商売、他国の価値観では相反するものだが、砂漠大国は国も宗教も商売を奨励《しょうれい》している。

カマル個人の性格は別として、五人いる兄たちは皆、商魂がたくましい。

もともと、魔法道具の製作や魔法薬の精製に長《た》けた国である。

砂漠の中にあるため、加工技術を磨いて、それを上手に商売に繋《つな》げて生き延びてきた。

とはいえ、全てにおいて順風満帆な国というわけでもない。

前王だった祖父には、たくさんの王妃とたくさんの王子や王女、さらにはその子供たちがいたのだ。金色に輝く王宮内で、王子に当たる伯父たちは、将来の王の座を巡り、激しく争っていた。

カマル自身も、後宮で他の妃やその息子たちにいびられた経験がある。

立場の弱い、末の王子の子供は、彼らにとって格好の獲物だったのだ。

元凶である国王が倒れても、争いは止むどころか激化した。

見かねた末の王子である父は、家族が巻き込まれることを懸念し、継承権を放棄。そのまま、国内の神殿へ身を寄せる。カマルたちと神殿には、繋《つな》がりがあったのだ。

外見的な特徴が理由で、カマルは生まれたときから将来神殿に預けられることが決まっていた。

祖国では、オッドアイの子供が誕生した場合、加護のある子として神殿に預ける風習がある。

普通は十六歳前後で神殿へ入るが、それが早まった形だ。

神殿内では、大叔父のトールが父やカマルたちを守ってくれた。

それでも一時期、カマルたち兄弟は、両親を残して国外の各地に亡命している。

兄弟は離ればなれになり、カマルはエメランディアにいた大叔父の部下の屋敷へ身を寄せた。

たった一人での孤独な亡命。怖かったし、国に残った両親が心配だった。

周りを困らせないため態度には出さなかったが、幼いカマルはとても心細い思いをしていたのだ。

自然溢れるエメランディアで、さらに自然に囲まれた地方都市のフィーユ。

貴族の別荘や、裕福な平民が宿泊する施設がたくさんあるその場所で、カマルは孤独な子供時代を送っていた。

不自由のない生活ではあったけれど、周囲の大人たちは忙しく、彼らの手を煩《わずら》わせたくない一心で、カマルは屋敷を離れずに過ごしていたのだ。

それでも、ときが経てば、徐々に周囲にも慣れてきて、一人で屋敷の外へ散歩にも出かけるようになった。近くに綺麗な泉があり、気分転換に訪れることもある。

とはいえ、基本的には、屋敷の周囲を歩くだけ。だったのだが……

ある日、なんとなく気の赴《おもむ》くまま森へ踏み込み、うっかり迷子になってしまった。

土地勘のない子供にとって、初めての森で迷子になることは恐怖でしかない。

早く戻らなければと闇雲に進んでいるうちに森の奥へと迷い込み、さらに状況は悪化する。

見覚えのない真っ白な花畑に出てしまい、カマルは焦った。

すると、絨毯《じゅうたん》のように広がる花畑の中に、小さな影が動いているのを見つける。

「魔物……？」

警戒しながら目を凝らすと、女の子が一人で白い花を摘んでいるのが目に入った。

色白の肌に漆黒の髪、好奇心の宿った瞳はキョロキョロとせわしなく動いている。

木々の少ない開けた場所で、昼の明るい光に照らされた彼女は妖精のようで、子供のカマルは感嘆のため息を漏らした。

「綺麗……」

独り言が聞こえたのか、女の子は驚いたように振り返る。

神殿でも、エメランディアへ来てからも、カマルは大人に囲まれて過ごしていた。

だから、外国の女の子が新鮮だったというのもある。気づけば自分から近づいて声をかけていた。

「こんにちは、君はここで何をしているの？」

女の子は、声も出ない様子だ。

怖がらせないよう、カマルは努めて人の良い笑みを浮かべる。

腹芸は苦手だけれど、後宮暮らしのおかげか、愛想の良い笑顔は作れた。

「あなたは？」

かろうじて声を絞《しぼ》り出す彼女は、カマルを警戒しながら、まじまじと見つめてくる。

「僕はカマル。近くの屋敷に滞在しているんだ」

「……泉の近くの建物？　この辺りで屋敷と呼べるのは、そこくらいだよね」

「そう、そこ！　泉のすぐ横！」

女の子に土地勘があるのなら、屋敷へ帰れるかもしれない。カマルの心に光が差した。

「……もしかして、迷子？」

情けない状況を一瞬で見破られてしまったカマルは、恥ずかしくて黙り込んでしまう。

けれど、彼女は気にした様子もなく立ち上がり、カマルに手を差し伸べた。

カマルが迷子だと判明したことで、逆に警戒が解けたようだ。

「私、アメリー。私の宿も同じ方向だから送るよ」

屈託《くったく》のない笑みを浮かべる彼女は、元気良くカマルの手を取る。

王子である自分と手を繋《つな》ぐのは、ごく親しい人々だけだったので、カマルは驚きに身をこわばらせた。ぷっくりしたアメリーの手は温かい……

「大丈夫だよ、ちゃんと帰れるから」

「う、うん……」

優しい笑顔を向けられ、カマルはいつになくソワソワした気分になった。

彼女の言葉に甘えて、屋敷まで送り届けてもらうことにする。

「アメリー。君は、よく一人で森へ来るの？」

「そうだよ。フィーユへはお父様の仕事の都合で来たのだけれど。大人は皆、薬の開発で忙しいし、一人では特にすることもないから」

屋敷へ向かいがてら、アメリーは綺麗な花の咲く場所や、食べられる木の実、可愛い小動物の巣などを教えてくれた。初めて目にするものばかりで、カマルは夢中でそれらを観察する。

「君はすごいね！」

カマルは心からアメリーにそう言った。彼女は、恥ずかしそうに微笑む。

「家にあった図鑑を持ってきて調べたんだよ。投薬と勉強の時間以外は、することがないから」

「投薬？　アメリーは病気なの？」

「ううん、元気。でも一日に二回、腕に薬を打たなきゃいけない。小さいときから、そう決まっているの……お父様は、健康と魔力を適切に維持するための薬だって言ってた」

「そうなんだ」

アメリーの見せてくれた腕には、注射針の痕《あと》がたくさん残っている。

子供のカマルに難しい話はわからないけれど、健康なのに変だと思った。

二人で仲良く喋りながら歩いていると、あっという間に屋敷へたどり着く。

「それじゃあね。私の滞在先、この先の茶色い屋根の宿だから」

「あ、待って……！」

初めてできた、地位に関係のない知り合い。

カマルは、もっとアメリーと一緒にいたいと思った。勇気を出して彼女に声をかける。

「ねえ。もし、良ければなんだけど、僕と友達になってくれないかな」

アメリーは、きょとんとした表情を浮かべたあと、嬉しそうに頷いた。

「私なんかでいいなら、喜んで」

初めてできた、異国の友達。聞けば、年齢も同じだという。

それからあとも、カマルは茶色の屋根の宿まで出向き、アメリーと一緒に遊ぶようになった。

アメリーを屋敷へ招くこともあったし、二人で森へ出かけたりもした。

最初は心配した屋敷の者たちも、カマルが一人で塞ぎ込むよりは、アメリーと一緒にいる方がいいと判断したようで、二人で一緒に遊ぶことを止めなかった。

カマルとアメリーは、びっくりするほど気が合って、いつも一緒にいた。

同い年ながら、彼女は世話焼きな部分もあり、世間に疎《うと》く臆病《おくびょう》なカマルを引っ張ってくれる。

両親や大叔父が心配で不安な気持ちは変わらないし、王位争いまっただ中の後宮での嫌な思い出や、争いの余波や怖い過去の記憶に苛《さいな》まれる日もあった。

しかし、アメリーと一緒にいる時間はとにかく楽しくて、幸せで……カマルは徐々に屈託《くったく》のないアメリーに惹かれていった。

けれど、気がかりなこともあった。

「アメリーの注射の痕《あと》、また増えていない？」

「ばれた？　最近、投薬の量が増えたんだよね。お父様は『あと少し』なんて言っているから、そのうち注射されなくなるといいなぁ……」

彼女の言葉の意味を、もっとよく考えるべきだった。後悔が訪れるのは、このすぐあとのこと。

その日は大雨で、カマルは屋敷の者に、雨脚が弱まるまでアメリーに会いに行くのを止められていた。退屈で、窓から外の景色を眺めていると、白衣を着た大勢の大人たちに囲まれて移動するアメリーが見えた。

二人の滞在先は近く、アメリーが森へ向かうときは、カマルの部屋から見える道を通るのだ。

（こんな雨の日に、何をやっているのだろう。どこへ行くんだろう……）

不思議に思ったカマルは好奇心の赴《おもむ》くまま、こっそり屋敷を抜け出して、アメリーたちについていく。普段の素直な行いのせいか、誰も、カマルの脱走に気づく者はいなかった。

上着を羽織り屋敷を出て、ぬかるんだ道を早足で進む。

「たくさんの足跡だ。森の方向に続いてる……」

カマルはそのまま、木々の間を駆けていった。

足跡をたどっていくと、アメリーたちが廃墟《はいきょ》とも呼べる古い塔へ入っていくのが見えた。

森で遊んだときに近くを通ったこともあったけれど、いつもは鍵がかかっている場所だ。

「なんで、こんな場所に？」

不審に思ったカマルは、隠れて様子を窺《うかが》う。

しばらくすると大人たちだけが外に出てきた。近づくと、雨音に混じって彼らの声が聞こえる。

「被検体は？」

「中で大人しくしています。薬を……」

大人の言うことは、難しくてよくわからない。でも、変な建物の中でアメリーと遊ぶのも楽しいかと思い、カマルは彼らの目を盗んで塔へ侵入した。

古くて暗い、石造りの建物の中は案外狭く、大叔父の部屋と同じような薬の匂いがする。

階段を上がった先の部屋には鍵がかかっていたので、今度は地下へ下りてみた。そちらの扉は開いている。

「アメリー……？」

友達の名を呼びながら扉を開けると、薄暗い部屋の中に、白い服を着たアメリーが一人で立っていた。隅にタオルや水が置かれているだけで、他には家具も何もない場所だ。

「カマル？　どうして、こんなところにいるの？」

「建物に入るアメリーが見えたんだ。ここって面白い塔だね」

「古い研究施設だって、お父様が言ってた。というか、カマル、勝手に塔へ入ったら怒られちゃうよ？　こんなにびしょ濡れになって」

アメリーはカマルの上着を脱がせると、部屋の隅に詰まれているタオルを手に取って、雨に濡れた体を拭いてくれた。

「だって、気になったんだ。ねえ、一緒に塔を探検しない？」

「あとでね。お父様に、しばらく部屋で待つように言われているから」

彼女の言葉に、大人しく頷く。

けれど、待てど暮らせど、アメリーの父親は部屋に戻ってこなかった。

「いくらなんでも、遅くない？」

待つのに飽き始めた頃、ようやく部屋の扉が開く。

安堵した様子で入り口を振り返るアメリーだけれど、誰も中へ入ってこない。

不審に思って立ち上がった彼女の目の前に、扉の隙間から何かが投げ込まれる。

どす黒い液体に満ちた、大きな薬瓶だった。

「なんだろう、これ」

見ていると、少しずつ薬瓶に亀裂が入っていくのがわかる。

「アメリー、危ないよ。嫌な感じがする！」

カマルが彼女の手を引いた直後、薬瓶が割れガラスがはじけ飛び、中から黒い霧が噴き出す。

それは徐々に色を変え、様々な原色の入り混じる煙になった。

アメリーは、「部屋を出よう」と、カマルの手を引いて入り口へ移動する。しかし、扉には鍵がかけられていて、いくら力を入れてもびくともしない。

「閉じ込められた!?」

わけのわからない状況に、カマルもアメリーも混乱する。

その間も、煙はじわじわと広がり続けていた。少しして、中から無数の光が飛び出す。

綺麗な光景のはずなのに、ギラギラと輝くそれは酷く恐ろしく見えた。

悲鳴を上げた二人は、部屋の隅に逃げる。

「出口、出口は……」

石壁に囲まれた地下には、扉以外の逃げ場はない。

焦っていると、アメリーが上部に小さな穴を見つけた。子供なら、通れる大きさだ。

外から風が吹いているのか、その部分だけ煙の動きが弱い。

「アメリー、ここから逃げられる？」

「たぶん。この部屋は半分地下だけれど、上の穴からなら一階に出られるはず」

けれど、子供には登れない高さだ。台になるようなものもない。

「カマル、私が背負うから、穴から外へ出て」

「でも、僕が外へ出たら、アメリーは……？」

「一人じゃ壁を登れないね。だから、助けを呼んできて欲しいの」

大人びた表情で微笑む彼女の真意に、カマルは気づけなかった。

「わかった！」

煙が充満する中、アメリーはよろけながらもカマルを背負い上げ、なんとかカマルの体が穴に到達する。

「待っていて、アメリー！　必ず戻って来るからね！　助けを呼んでくるから！」

カマルは小さな抜け穴をひたすら進み、やがて外の雨音が聞こえた。

穴は一階の地面すれすれの場所に続いている。入り口に格子があったけれど、中からなら簡単に外せた。外に這《は》い出たカマルは、脚をもつれさせながら、懸命に大人を探す。

アメリーの父親や、白衣を着た集団はいなかった。

外から地下の扉を開けようと塔の入り口へ回るが、今度は建物の入り口に鍵がかかっていて塔に入れない。他に出入りできる場所はなかった。

「くそっ……！」

このままうろうろしていても、埒《らち》があかない。

無力な自分に苛立ちながら、カマルは塔に背を向けた。

信用できる大人のいる屋敷まで、激しい雨の中をひた走る。

（アメリー……どうか、無事でいて……！）

酷く体が重く、全身が熱いけれど、そんなことに構っていられない。

屋敷まで戻ると、カマルがいないことに気づいた者たちが、外を捜索していた。

「カマル様、今まで一体どこへ行っておられたのです。こんなにずぶ濡れになって、心配したのですよ」

「僕のことはいい！　アメリーを助けて!!　お願い!!」

「まずは、お部屋へお戻りください。話はそれから……」

「急いで！　アメリーが、アメリーが……！」

大事な友達、初恋の女の子、塔から出してくれた恩人。

カマルにとって、アメリーは何より大切な存在だ。けれど、屋敷の人間にとっては違った。

彼らが優先するのは、王族であるカマルの身の安全のみ。

平民の娘が一人塔に閉じ込められようと、屋敷の者には関係がないのだ。

「僕についてきて、お願い、森の中の塔へ……！」

必死で訴えている途中で、カマルの体が傾《かし》ぐ。

「カマル様っ!?」

屋敷の者の焦った声が聞こえた。「大丈夫」と答えようにも、熱さを増した全身に力が入らない。

（駄目だ、駄目だ……ここで倒れちゃ……アメリーが……）

目眩《めまい》がして視界がゆがむ。意識が遠ざかっていく。

「お願い、アメリーを、助けて……」

カマルの意識は、そこで途切れた。


目覚めると、カマルは見覚えのある懐かしい部屋にいた。

豪華な調度品、白い漆喰《しっくい》の壁、埃《ほこり》っぽく乾いた空気、大理石の床、天蓋付きの巨大な寝台。

（まさか、トパゾセリアの神殿!?）

慌てて外へ出ようとし、カマルは床へ転げ落ちる。

思ったように、足に力が入らなかった。

固い床に体を打ち付けたタイミングで、誰かが駆け寄ってくる。

顔を上げると、硬い表情の大叔父トールがカマルを抱き起こした。

何がどうなっているのかわからない。

「おじさん？　僕、なんで、神殿にいるの？　フィーユの屋敷にいたはずなのに」

「向こうで倒れたのは、覚えている？　エメランディアの魔法医療では心許《こころもと》ないと、屋敷の者がカマルをこちらへ転移させたんだよ。そのまま、君は半月ほど眠り続けていた」

信じられない思いだった。

「アメリー！　アメリーは⁉　助けてくれた⁉」

「……それ、誰？」

――大叔父の言葉に、血の気が引いていく。

もしかして、誰も彼女のもとへ向かっていないの？　あの子は、どうなったの？

「僕の友達なんだ。アメリーは、無事だよね？」

「何を言っているのかわからないけど、今は休んで。カマルは本当に危険な状態だったんだから」

トールは、いつもの皮肉めいた笑みを浮かべる余裕もないようだった。

「戻らなきゃいけないんだ！　助けるって約束したんだ‼」

今までにない大甥《おおおい》の反抗に、目を見開くトールだけれど、彼の口から出たのは非情な言葉だ。

「まともに歩けない体で、何を言っているの？　そんなの、俺が許可するわけないでしょう？　その友達については、こっちで調べてあげるから、カマルはしばらく安静にしていなさい」

トールの部下が、彼の指示でカマルの見張りにつく。

カマルは絶望的な気持ちになった。こうなると、どうあっても動けない。

彼女を置いてきてしまった自分が許せなかった。

（どうしてあのとき、僕は一人で外に出てしまったのだろう。彼女を先に出してあげれば良かったのに）

ろくに助けも呼べない自分より、しっかり者のアメリーを優先するべきだった。

次から次へと後悔が溢れてくる。好きな子一人守れない、無力で臆病《おくびょう》な自分が憎い。

――どうか、無事でいて……

願うことは、それだけだった。

しばらくして、大叔父がアメリーは無事だという知らせを持ってきた。

「彼女は、グロッタという街で元気に暮らしているよ」

「本当!?」

「うん。でも、カマルと同じように体調を崩したせいで、フィーユでの記憶を失っているみたい」

あの場所に滞在していたこと自体、全く覚えていないらしい。

彼は引き続きアメリーの様子を部下に報告させると約束してくれた。

結局、あのとき何が起こったのかはわからずじまいだ。

けれど、あんなに仲の良かったアメリーが自分を忘れてしまったなんて、信じられない。

会いに行けば、カマルを思い出してくれるのではないだろうか。

それとも、塔に閉じ込められた怖い記憶も思い出してしまうから、全部を忘れていた方がいいのだろうか。

正解がわからないまま、日々が過ぎていく。

その頃には国内の情勢は落ち着き、各地に亡命していた兄弟も戻ってきて、父が大叔父の補佐のもと、国王として立つことが決まった。

それを機に、大叔父が、カマルが成人するまでという条件で神官長の地位に就く。「人助けなんて、似合わなすぎ、ウケる」などと言いながらも、彼は真面目に仕事をこなした。

王位争いで疲弊《ひへい》していた国内は、彼らの頑張りもあって急速に復興、発展していく。

カマルも彼らの仕事を手伝い、王子としての勉強に没頭していった。

アメリーへの気持ちだけを置き去りにして。

彼女の情報は、エメランディアにいる大叔父の部下——報告係が随時送ってくれていた。

アメリーはメルヴィーン商会という、平民ながら裕福な家の娘で、事件のあとも穏やかな日々を送れているようだ。カマルは安堵した。

数年して、彼女の母親が亡くなったけれど、新しい母と妹を迎えて上手くやっているらしい。

けれど、そのうち、報告の内容に違和感を覚えるようになった。

膨大な魔力と類《たぐ》い稀《まれ》な才能を持ち、国に必要とされる存在だとか、華やかで美しくて、貴族たちのパーティーに頻繁《ひんぱん》に出席するとか。グロッタのファッションリーダーで若者の中心的存在だとか。

記憶にあるアメリーと結びつかない話が多すぎる。

おまけに、「アメリーからの手紙」が届くようになって、カマルはますます混乱した。

報告係の存在が向こうに知られてしまったということで、それをきっかけに始めた文通だったが……届いた便箋《びんせん》は紅色のけばけばしい柄で、不快な甘ったるい香りが染みついていた。

しかも、癖の強い丸文字で、男性にこびへつらうような薄っぺらい内容が書かれている。

「この文字、アメリーの筆跡と全く違う」

しばらくの間、一緒にいたから、カマルは彼女の文字を覚えていた。

子供なのに、アメリーはお手本のように綺麗な文字を書く。

（……これは、本当に彼女の書いた手紙なの？）

疑いだすと、もう止められない。

そういったことが続き、ついにカマルは定期連絡で神殿へ訪れた報告係を問い詰めた。

大叔父や家族にばれないよう、こっそりと庭に呼び出して。

「ねえ、あの手紙、本当にアメリーのものなの？　まるで別の人が書いたみたいなんだ」

自分でも偏執的だと思うほど、記憶にあるアメリーと現在のアメリーとの違いを列挙していく。

好きな子の特徴なら、全部覚えていて当然だ。

すると、報告係は信じられない内容を告げた。

「実は、手紙の主はアメリー様の妹、サリー様なのです」

「は……？」

「カマル様の存在を知ったサリー様が、どうしてもと……私個人としましても、落ち目のアメリー様よりサリー様との交流をお勧めします」

「どういうこと？　なんで、アメリーを騙《かた》って、その妹が僕に手紙を出しているわけ？　アメリーが落ち目って何⁉」

動揺と不快感を抑えながら、カマルは彼に問いただした。

すると、出るわ出るわ、ねつ造されていた事実が……

カマルへ報告されていたアメリーの情報は、途中から完全に妹のサリーの情報に置き換わっていた。手紙の主も最初からサリー。

何も覚えていないアメリーは、定期報告の件も把握《はあく》していないという。

どうして、そこで妹が出張ってくるのか。意味がわからない。

「それで、アメリーは？　元気なんだよね？　正直に話して。いずれにせよ、別の者にも確認に向かわせるから。偽っても無駄だよ？」

駄目だ、感情が抑えきれない。今にも、目の前の人物を殴りつけてしまいそうだ。

――そして、カマルは、アメリーが継母と妹によって虐《しいた》げられている事実を知った。

虚偽の報告が届き始めたときには既に、彼女は実家での居場所を失っていたのだ。

「僕は、なんで」

どうして、他人の報告を鵜呑《うの》みにしてしまったのだろう。

もっと早く、気づいてあげるべきだった。

自分でアメリーの様子を確認しに行かなかった過去を、このときほど後悔したことはない。

周囲に邪魔されても、彼女が自分を忘れていても、死ぬ気で探せば行く方法があったはずだ。

黙っていて欲しいのに、報告係は余計なことを言い続ける。

「将来性を考えるのなら、誰が見てもアメリー様よりサリー様と接点を持つべきです！」

「……黙れ」

「どうせ、アメリー様は、あなたのことを覚えていないのですから」

「黙れ、黙れ！　僕に指図するな!!」

感情が抑えられない。体が熱い。

自分の内から、何かとてつもない力が溢れて、思考を呑み込んでいく。

——何もかもを白く消し去るように。

周囲の建物に亀裂が入り、窓が割れる。足下の地面にもヒビが入り始めていた。

逃げ出そうとした報告係が、カマルから放たれる力に吹き飛ばされ、壁にたたきつけられる。

止められないし、止めなくてもいいやと心のどこかで思う自分がいた。

アメリーを助けられなかった自分なんて、苦しんでいる彼女を放置してのうのうと暮らしていた自分なんて、どうなってもいい。

「カマル……!!」

遠くで大叔父トールの声が聞こえる。

「おじさん、来ないで！」

湧き上がる力が攻撃となって周囲の建物をなぎ倒していく。自分でも信じられない事態だ。

カマルの中にある力のはずなのに、全くコントロールできない。

感情が荒れれば荒れるほど、周りが倒壊していく。

このまま、自分も崩れてしまうだろうかと考えていたそのとき、カマルの体に大きな衝撃が走った。手足が動かず、暴走していた力が強引に抑え込まれる感覚がする。

「ごめん、カマル。一時的に魔力を封じるよ？」

近くで聞こえたのは、トールの声だった。

カシャリと腕に何かが嵌《は》まり、吸い取られるように力が消えていく。

同時に、体を苛《さいな》む熱も引いていき、カマルはその場に崩れ落ちた。

「……間に合って良かったぁ」

トールも、へなへなと膝をつき、神殿での彼の側近が慌てて駆け寄ってくる。

カマルはというと、放心状態で神殿の医務室に運ばれてしまった。

少し落ち着いて我に返ったカマルに向け、トールがためらいがちに告げる。

「カマル、君に話したいことがあるんだ。成長するまで黙っていようと思ったけれど、今日のような事件が再発しては困るから」

「おじさん……？」

「君は、魔力過多という、体内に宿る魔力量が多い特殊な体質なんだ。普通に生活できるけれど、さっきみたいな魔力暴走の可能性もある」

カマルは、制御できない謎の力の正体が自分の魔力だと知った。

感情のまま溢れ出して周りを破壊する、とても恐ろしい力だった。

「君のその魔力は、もともとあったものじゃない。おそらく、フィーユで倒れたことが関係している。カマルが運ばれたとき、変な魔法薬の反応があった。調べたけれど、なんらかの作用を起こすには不完全なもので、当時は害はないと判断していた」

実際、カマルは神殿で何事もなく元気に過ごしている。

「王位争いを終わらせることや、国の立て直しで忙しくて、詳しい調査に時間を割けなかったというのもあるけれど。今、それを心から後悔しているよ」

塔の中での光景が、カマルの頭に浮かんだ。

「あの煙と光のせいだ……」

フィーユの塔から出たとき、先ほどと同じように体が熱くなったのを覚えている。

「とにかく、今まで見過ごしていた内容も、全部洗い出して調査するから」

言い置いて去ろうとするトールに、カマルは後ろからすがった。

「待って、おじさん！　僕も一緒に調査したい！　自分のことをちゃんと知りたいんだ！」

それに、アメリーが心配だった。あの光と煙の中にいたのは、彼女も同じ。

報告係によると、彼女の魔力はほとんどないことになっている。

でも、塔に閉じ込められたアメリーは、カマルよりもっとずっと、それらの影響を受けているはずなのだ。

必死に食らいつくカマルを見て、トールは小さく嘆息する。

「……わかったよ。君が調査に介入するのを許可する」

それからのカマルは、大叔父の権限を最大限活用して、自身の魔力過多の原因を探った。

同時にアメリーの情報を独自に収集し始める。

調べるうちに、驚きの事実が浮かび上がってきた。

魔力過多のカマルとアメリー、ついでにサリー。三人がそんな体質になってしまったのは、メルヴィーン商会の人体実験のせいだったのだ。

かねてより、アメリーやサリーの父、ライザー・メルヴィーンは、副作用なしに魔力を劇的に増やす薬を開発したがっていた。

現在、魔力を大幅に増やす方法は、世界的に禁止されている「禁断魔法」によるものだけ。

それも、相当な魔法の腕がなければ実現できない上に、長時間使用すれば体が壊れるという副作用付きだ。

魔法薬での魔力増幅が可能になれば、画期的な発明として国から賞賛されることだろう。

しかし、「禁断魔法」に近い作用のため、実験を公《おおやけ》にできないという葛藤《かっとう》もあった。

だから、手始めに、一番身近にいる娘の体を使ったのだ。身内なら外に情報が漏れないし、近くで経過を観察できる。

けれど、学園での魔力測定の際、アメリーは魔力詰まりを起こしていた。

それ以前に行っていた平民用の検査では、低魔力と判定されたようだ。

つまり、ライザー・メルヴィーンにとって彼女は「失敗作」だったのである。

だから、見放された。

過去のアメリーは、ライザーの「健康と魔力を適切に維持するため」という言葉を疑わず、彼を慕って、毎日投薬を続けていた。それだって、あの男の野望のためだと今ならわかる。

実の父親が自分を実験台としか見ていなかったなんて、悲しすぎる。

次の被験者には、腹違いの娘であるサリーが選ばれていた。

そして、彼女はライザーのもくろみ通り、魔力過多になり、彼にとっての「成功作」になったのだ。

アメリーのときと方法が変えられたのか、サリーは特殊な魔法の力にも目覚めている。

エメランディアでは「癒やし・浄化」の力だともてはやしているようだが、あれは無意識に部分的な「時間遡行《そこう》」を行っているのだろうと大叔父やジュリアスは見ているらしい。

時間遡行《そこう》自体、難易度の高い魔法なので、すごいと言えばすごいのだが。

ただ、アメリーの変わった魔法については何もわからない。ジュリアスの見立てでは「分離されていない多属性ではないか」ということだが、はっきり測定できないという。

本人は「ヘドロ」だと気にしているが、多属性なら前代未聞の事態だ。

普通、得意属性は一つか二つしかなく、それ以外の魔法の威力は著《いちじる》しく低くなる。

メルヴィーン商会の罪を暴き、そして徐々に全ての証拠を押さえつつあるが、主犯のライザー・

メルヴィーンはもういない。

このやりようのない気持ちをどうすればいいのか、カマルにはわからなかった。

それからしばらくして……カマルは、アメリーがヨーカー魔法学園のエメランディア分校に入学するという情報を入手した。

周囲の反対を振り切り、魔力で脅し、大叔父を味方につけて強引に留学に踏み切る。

家族や神官たちは、いつも「素直ないい子」だったカマルの豹変《ひょうへん》に慌て、最後にはエメランディアへ行くことに同意してくれた。

そうして入学式前ギリギリのタイミングで訪れた、魔法都市——

ちょうど学園に来ていた知り合いに大叔父が話をつけてくれ、クラス割りや魔力の制御アイテムについての相談にも乗ってもらった。

魔力を抑えるアイテムは砂漠大国にもあったけれど、手枷《てかせ》型だったので持ち歩くのに不便だったのだ。昔、魔力の多い囚人に使用していたものらしい。

入学初日に足を踏み入れた教室内で、カマルはすぐにアメリーを見つけた。

「やっと、会えた……」

泣きそうなほど心が高揚する。

——ずっとずっと、会いたかった……

見るからにやつれ、表情は暗いけれど、あの頃と面影は同じ。

彼女は変わらない。自分の彼女への思いも変わらない。

さりげなく、近くの席に座ってみるけれど、アメリーは全くの無反応。

報告にあったとおりカマルとの思い出を忘れていた。

——胸が痛くて苦しくて悲しい……

でも、全部自分のせいだ。アメリーが無事で、こうして会えただけで十分だと思わなければ。

(これからは、僕がありとあらゆるものから彼女を守る！)

たとえ、アメリーがカマルのことを全く覚えていなくても……

二人になれたタイミングで、カマルは緊張しながら彼女に提案する。

「ねえ。もし、良ければだけれど、僕と友達になってくれないかな」

「私なんかでいいなら、喜んで」

アメリーは、昔と全く同じ、まぶしい笑顔で頷いた。

※

走り去った足音の主を見失い、カマルが校庭をうろうろしていると、シュエが走ってきた。

(先ほどの鳴き声は、やはりシュエなのか……ということは、予想したとおりアメリーも来ていたんだな)

近づくと、シュエの歩き方がおかしいことに気づく。

(片足を怪我している？)

すると、シュエは何かを訴えるように鳴き、足早に裏山の方角へ走り出した。まるで、ついてこいとでも言うように。

黙ってあとを追ったカマルだが、Ｂクラスの教室の前まで来て異変に気づく。

何もない空き地にアメリーの鞄《かばん》がぽつんと落ちているのだ。

「シュエ、アメリーはどこ？」

「ニャー？」

アメリーの行方が、シュエにもわからないようだった。焦った様子で歩き回っている。

助けを呼びに来る間に、彼女が移動してしまったのかもしれない。

「鞄《かばん》の中には、文房具や財布がそのまま残っているね」

苦学生のアメリーが金品の入った鞄《かばん》を放り出し、どこかへ行くとは思えないし、シュエの足の怪我も気になる。シュエを抱き上げたカマルは、その足で学生課へ向かった。

こんなときですら、一人で何もできない自分がもどかしい。

「せめて、痕跡をたどる手段があれば……」

校庭を駆け抜けていると、使い魔の散歩で通りかかったミスティが声をかけてきた。

彼女の傍には、緑色の子犬――クー・シーもいる。

「カマル、どうしたの？　酷い顔色だよ」

「アメリーが、良くないことに巻き込まれたかもしれない。裏山の前に、彼女の鞄《かばん》だけが落ちていて……シュエも怪我をしていて……！」

「落ち着いて。私のクー・シーなら、匂いをたどれるかも。ケット・シーの嗅覚は人間の二十万倍。クー・シーの嗅覚は、人間の百万から一億倍なの！」

魔物好きというミスティは、使い魔に関しても詳しい。

シュエが、ミスティの使い魔エレに何かを伝えるそぶりを見せた。

魔物同士は、意思疎通が可能なのだ。

アメリーの鞄《かばん》の匂いを嗅いだエレは駆けだす。慌てていると、ノアもやって来た。クラスメイトを見つけ、話しかけに来たようだ。

「どうしたんだ、二人で怖い顔をして」

「アメリーがいなくなっちゃったんだって。シュエも足を怪我しているの。うちのエレが匂いをたどれると思うんだけど」

カマルはノアに向かって頼んだ。

「お願いがあるんだ。学生課の職員――僕の大叔父に、このことを伝えて欲しい。僕は、エレのあとを追う」

「トール先生だな。わかった！　任せろ！」

怪我をしているシュエを抱き上げると、カマルは再び裏山の方へ走る。ミスティもついてきた。

「ミスティ、ありがとう」

今まで、クラスメイトについて深く考えたことはない。

同じBクラスの仲間で敵ではないけれど、カマルの一番はアメリーで、それが全てだったので。

狼狽《ろうばい》するカマルに手を貸してくれたミスティやノア。今さらながらに、クラスメイトの優しさが身に染みた。

魔法都市の中、いつもはガヤガヤと賑やかな「石壁と竈《かまど》のエリア」を抜ける。

魔物が現れたという知らせがあったからか、この日の「石壁と竈《かまど》のエリア」は閑散《かんさん》としていた。

出勤せざるを得なかった店員などはいるけれど、通りを歩く人の数は少ない。

学園内では各寮で「外出を控えるように」と、お触れが出ていたが、今は緊急事態だ。

不可解な状況でアメリーが学園の外にいるのならば、迎えに行かなくてはならない。

カマルは焦っていた。

ミスティのクー・シーは、迷うことなく石畳の路地を駆けていく。

走りでは追いつけないので、カマルとミスティは、ボードに乗ってあとを追った。免許を取ったため、街中をボードで移動できるのだ。ボードを操縦しながら、ミスティが首を傾《かし》げる。

「ねえ、カマル。どんどん寂《さび》れた……というか、薄暗い方へ向かっていない？」

「そうだね。この辺りは、来たことがないけれど」

「私、嫌な予感がする」

そう告げたミスティは、進行方向に何があるのかをカマルに教えてくれた。

「『石壁と竈《かまど》のエリア』には、普通の人が近寄らない場所があるの。『闇黒街』と呼ばれていて、魔法都市の中の無法地帯なんだよ。貴族の子供は皆、親から『あそこに近づいちゃ駄目』って言われて育っているの」

外国出身のカマルは、まだ魔法都市に疎《うと》い。ここでは、ミスティが頼りだ。

シュエを抱きながら、カマルは彼女の話に耳を傾ける。

怪我をしているシュエを学園に置いていこうかと迷ったが、シュエの目が一緒に行くことを望んでいるように思え、連れてきてしまった。幸い、怪我は酷くないので、抱えて移動すれば大丈夫だ。

「無法地帯か。魔法都市にも、危険な場所があるんだね」

「うん。違法な魔物を売買していたり、禁断魔法の本を売っていたり、怪しい薬や道具を売っていたりするんだって」

「国は、それを取り締まらないのかな？」

「それがね、貴族の中にも、悪い商売をする相手と繋《つな》がっている人がいて。強い発言権を持つ人も交じっているから、国側も下手に手出しができないみたい」

話をしていると、ひときわ古い建物が並ぶ一角に出た。

全体的に薄暗く、嫌な雰囲気の漂う場所だ。

「ここが、『闇黒街』かな？」

「たぶん、そうだと思う。なんというか、空気が淀《よど》んでいるね」

「闇黒街」は、閑散《かんさん》としていた。「石壁と竈《かまど》のエリア」以上に、人がいないようだ。

埃《ほこり》っぽい地面の上に、数人の男が座っているだけで、あとは誰も通りに出ていない。

振り返ったクー・シーは、複雑に分かれた細い道を迷うことなく進んでいった。

「本当に人が少ない。朝と夜で、異なる顔を見せる場所なのかもしれないね」

路地を駆けていくクー・シーは、小さな建物の前で足を止めた。ミスティが呼びかけている。

「ねえ、エレ、ここにアメリーがいるの？」

クー・シーは、尻尾を振ってミスティを見つめた。ここで間違いないようだ。

「なんで、こんなところに……？」

アメリーと「闇黒街」には、なんの接点もない。

考えられるのは、彼女が悪い事件に巻き込まれたという可能性だ。

「カマル。このドア、鍵がかかっているみたい。壊す？」

「僕に任せて。解錠用の上級魔法道具を持っているんだ」

「なんで、そんなものを……？」

入学するときに、過保護な大叔父からいろいろ持たされている。

カマルの持ち物には装飾品一つに至るまで、強力な魔法が込められていた。

過干渉な身内を恥ずかしく思うことも多いけれど、この日ばかりはトールに感謝するカマルだった。

七　闇黒街とドラゴンと魔力大暴走

目覚めると、私は暗い小さな部屋の中にいた。

窓はなく、唯一の出入口である扉の上部に、指の幅ほどの細い穴が開いていて、そこから黄色い光が差し込んでいる。

「どこだろう、ここは？」

部屋を出ようとしたら、ドアには鍵がかかっていた。閉じ込められているようだ。

確か、私、誰かに魔法で攻撃されて……

衝撃がすごい割に、熱くも冷たくもなかったので、風の魔法だと思う。

笑っていたのは、学園の生徒だろう。顔は見られなかったが、声が若かった。

服の背中が破けているみたいで、スースーする。

高価な制服ではなく、ヨレヨレの私服だったのが救いだ。

背伸びして小さな穴から外を窺《うかが》うと、誰か人がいるようだった。

穴が小さすぎて姿までは見えない。でも、確かに気配がする。

他に、じゃりじゃりと、重いものが床に擦れる音も。

静かに様子を探っていると、その「重いもの」が「グォォ」という大きな咆哮《ほうこう》を上げる。

……声から察するに、かなり大きな魔物で間違いないと思う。

ここは建物の中なのに、どうして大型の魔物が？

大型の魔物は、ほとんど人と共存することはないと、過去にミスティが教えてくれた。

普通、使い魔として人と暮らすのは、小型や中型の魔物。巨大な体躯だと場所を取るから、魔法都市での暮らしでは敬遠されがちなのだとか。

街で人と共にいる大型の魔物は、家畜化されたものや、兵士が騎乗するものくらいだ。

赤薔薇寮の生徒のように、アッシュドラゴンを使い魔にしているのは、かなりレアケースらしい。

「今日は特に暴れているな。希少なコバルトドラゴンを手に入れて、高く売れそうだってときに。上の騒ぎはなんとかならんのか？」

若くはない、知らない男性の声だった。

「密猟者の手落ちだ。つがいの雄を殺さないまま雌だけ捕らえたから、残った方が追ってきた。見つかりはしないだろうな？」

「大丈夫だ。視覚は鋭いが、嗅覚の優れた魔物ではない。勘でつがいの気配を感じられるようだが、正確ではないから地下だと気づけないんだ。だから、ここ一ヶ月ほど、魔法都市を彷徨《さまよ》っているのさ。この騒ぎで討伐されるだろうから、俺たちはそれまで、ここに隠れて待てばいい」

もう一人、別の人物がいたようで、彼らは二人で話をしている。

魔物って、今朝、寮でオリビアさんの話に出ていたよね。確か、先生たちが魔法都市へ捜索しに出かけたって。

二人の会話から、魔法都市で目撃された魔物は、捕らわれたつがいを捜しに来ているのだと理解できた。早く誰かに知らせたいけれど、閉じ込められているので不可能だ。

……魔物はともかく、なんで私まで運ばれたの？

貴族の生徒の嫌がらせにしても、こんな場所へ連れてきて一体どうするつもりなのか。

そもそも、ここはどこなのか。いかんせん、情報が少なすぎる。

考えていると、まるで内容が伝わったかのように、話題が私の処遇に移った。

「それで、あの子供はどうするんですか？」

「売り飛ばして欲しい。二度と魔法都市に戻って来られないような場所へ」

男性二人以外の、新しい声がした。今度は若い。

「人間を売るのは俺らの専門外です」

「他に伝手がないんだ。最近は取り締まりが厳しい。料金は上乗せする」

「はあ、わかりましたよ」

彼らの話を聞きながら、私はそっと穴から離れる。

やばい。私、売られるみたいですけど……？

学園で生徒から魔法をぶつけられたのは、まだ理解できる。

平民への嫌がらせか、青桔梗寮生や赤薔薇寮生の報復だ。

やってはいけない行為だし、見つかれば懲罰《ちょうばつ》ものだけれど、学園内での怪我しない程度の攻撃魔法の打ち合いは稀《まれ》にある。だからこそ、規則が厳しく定められているのだ。

でも、人身売買は次元が違う、エメランディアで禁止されている立派な犯罪行為だった。

ついでに言うと、野生の魔物の違法売買も禁止だ。

保護したものの、自然に返せなくなった魔物を、施設から貴族が金で買い取る事例はあった。

だが、その場合も、しかるべき場所へ報告する義務があり、国から許可を得なければならない。

改めて実感すると、恐怖が湧いてくる。

平民相手とはいえ、同じ学園の生徒にここまでの仕打ちができてしまう貴族の悪意に。

魔法で扉を破って逃げる？

でも、扉を破壊できる威力の攻撃魔法は、まだ習っていない。

彼らを相手に逃げ切れる自信もない。考えれば考えるほど、脱出は不可能に思えた。

鞄《かばん》が手元にないので、杖も魔法玉も持っていない。それどころか、いつの間にか魔力を抑える指輪も外されている。

金目の品だから盗られたのかも。

ジュリアス先生がくれた魔法道具の指輪は、膨大な魔力を制御できる性能なので、きっと高価なアイテムだ。

私が困り果てていると、部屋の扉が解錠される音が響いた。

見ると、会話をしていた男性二人と魔法学園の生徒が数人立っている。

赤薔薇寮の制服を着た一年生――前にサリーと一緒にいちゃもんをつけてきた生徒だ。

そして青桔梗寮の先輩――彼らはガロをいじめていた。

最後に、退学になったはずの侯爵家の息子。

全員、私個人を憎んでの犯行だろう。彼らは悪意のこもった目で私を眺めて言った。

「起きたようだな」

これは現状を聞きだすチャンスだと、すかさず彼らに質問する。

「あの、ここはどこですか？　私は……」

「そう焦るなよ、教えてやるから。ここは魔法都市の地下で、お前は売られる、以上だ」

顔をゆがめた生徒たちは、愉快そうに私を嗤《わら》う。

「まあ、お前にはお似合いの末路だよな。コネ入学した卑《いや》しい凡人の分際で、俺たちに生意気な態度を取り、聖女のようなサリーを苦しめた落とし前をつけろよ」

「落とし前って……？　サリーを苦しめたってなんのこと？」

「しらばっくれても無駄だ！　自分の罪を認めろ‼　このドブネズミが‼」

「サリーに嫉妬したんだろ！　彼女は、お前のような貧相な女が張り合える相手じゃない！」

グロッタにいたときも、たまにこういうことがあった。サリーの姉だというだけで、不似合いだと言われたり、彼女に近づくなと冷たい言葉を浴びせられたりした。

そして勝手に、私がサリーに嫉妬し、彼女を傷つけたことにされてしまう。

こうなると、何を言っても無駄なのだ。訴えたところで、聞く耳を持ってもらえない。

既にボロボロの状態の私に、生徒たちはさらに魔法を放ってきた。あの風の魔法だ。

全身を切り刻まれ、私は苦痛から声を上げる。

「あはは！　害虫の羽音がうるさいな！」

自分が正義だと信じて疑わない彼らは、攻撃の手をゆるめなかった。

魔法の壁で防御しなければと思うのに、次から次へと攻撃をぶつけられるせいで、集中して魔力を変換できない。指輪も杖もないし……

どうして、平民というだけで、こんな目に遭わなければならないの？　サリーと血が繋《つな》がっているだけで、勝手に「妹に嫉妬している」だなんて、決めつけられて……いつもそう！　あの子のことなんて、なんとも思っていない。放っておいて欲しいのに。

扉の向こうで、また魔物が吠える。先ほどより声が近い。

「未来の侯爵閣下、あなたのコバルトドラゴンが暴れていますよ？　なだめなくていいのですか？」

「そう言われても、まだ全然俺に懐いていないんだよ。やっぱり、まずはつがいを殺さないと駄目なのか？」

「餌付《えづ》けしてみるのは？」

そこで、全員が私を振り返る。

青ざめた顔で地面に倒れ伏す私を見て、侯爵家の息子が盛大に噴き出した。

「冗談に決まっているだろう！　汚い餌《えさ》を食べて大事なコバルトドラゴンが腹を壊したらどうするんだ！」

「それもそうだ。こいつには、もっと制裁を下さないと！」

魔法の攻撃を受け続けていると、魔物のいる方からゴッと大きな音が聞こえてきた。ガシャンと金属が壁や地面にぶつかる音も。

落ち着きのない魔物は、ずっと吠えて暴れ続けている。

彼女は、外にいるつがいの気配を感じ取っているのかもしれない。

すごい音……なんて考えていると、一人の男性が急に慌て出した。

「おい、コバルトドラゴンにつけていた、魔法道具の枷《かせ》が外れたぞ!!」

「なんだって⁉」

続いて、もう一人も蒼白な顔になる。

「雌とはいえ、枷《かせ》の外れたコバルトドラゴンだ。俺たちでは抑えきれない‼」

「拘束の魔法陣も、じき壊される」

慌てた大人二人は、私をいたぶっている生徒たちに声をかけた。

「皆様、お逃げください、ここは危険です‼」

「は？　ふざけんな！　俺のコバルトドラゴンを逃がすつもりかよ！」

「必ず再度捕縛いたしますので、ここはどうか、身の安全を優先してください‼」

「チッ……！」

舌打ちした貴族の生徒たちは、嫌々と言った様子で男二人の指示に従う。

だが、コバルトドラゴンが動く方が速かった。

「駄目だ！　拘束の魔法陣も破壊された‼　早く上の階へ！」

先ほどまでの威勢はどこへやら。恐慌状態の生徒たちは、我先にと部屋を出ていく。

「間に合わねえ！　時間を稼がなければ！」

パニックに陥《おちい》った男性二人の目が私を捕らえ、床に倒れたまま動けない私の腕が掴まれる。

「餌《えさ》を！　魔物がこいつに気を取られている隙に、上へ退避だ！」

彼らの言葉に反応したときには手遅れだった。

私は魔物がいるであろう方向へ突き飛ばされ、背中から地面にたたきつけられる。

傷だらけの体が痛みで悲鳴を上げた。

なんとか手をついて体を起こした頃には、二人の男性は見えなくなっており、代わりに近くで低いうなり声が轟《とどろ》く。

「……っ！」

目の前に、縦に大きく裂けた瞳孔《どうこう》が現れ、生暖かく湿った息が顔に当たる。

巨大な爬虫類《はちゅう》の目に自分が映っているのが見えた。それだけで恐ろしい。

男性二人の話が事実なら、この魔物は勝手に捕まえられ、つがいと引き離され、魔法陣や魔法道具で無理矢理ここに拘束されていたことになる。

さぞ、人間に恨みを抱いているだろう。

コバルトドラゴンに詳しくはないが、ミスティが以前、「ドラゴンのつがいは強すぎる絆で結ばれている」と言っていた。決して、引き離してはならないと。

「私、このまま魔物に殺されるの？」

理不尽な現実を前に、涙すら出てこない。

考えないよう気をつけていたのに、どす黒い感情が胸の内から溢れ出てくる。

子供時代の記憶はあまりないけれど、ドリーとサリーが来てからは、毎日を無事に生きるので精一杯だった。

学園へ行ってからも苦労の連続で、貴族の悪意にさらされ、今もこんな事態に陥《おちい》っている。

あの人たちの思い通りになんて、なってやるものか。

今ここで私が魔物に殺されても、彼らが喜ぶだけ。そんなの、絶対に嫌だ！

大きく口を開けた魔物が、鋭く尖《とが》った爪を私に向け振り下ろす。

魔法で防がなければ――このままでは本当に死んでしまう！　助けなんて来ない！

怖い、怖い、怖い……何もかも、もう嫌だ！

――私が一体、ここまでされなければならないほどの何をした!?

「やめて!!」

私は両手を前に突き出し、魔法の壁を出そうと構えるけれど、壁は全く出現しない。

その代わり……

突如、意図せず体中からヘドロ色の魔力が大量に噴き出し、前方だけではなく上や左右にも飛び散り始めた。

「どうなっているの!?」

私の恐怖や憎しみをぶちまけたような醜《みにく》い色が、洪水《こうずい》のような勢いで全方向へ広がっていく。

――両手が、全身が熱い……！

視界全部がヘドロ色で、もはや壁を出せているのかもわからない。

自分で発動させた魔法にもかかわらず、収拾できない状態だ。ドラゴンの叫び声が聞こえる。

以前、ヘドロが赤薔薇寮生の使い魔を吸い込みかけた光景が頭をよぎった。

まさか、呑み込んだ……？

壁を壊したヘドロは、天井を突き破り上へ伸びていく。男性二人や生徒たちの悲鳴も聞こえた。

魔法を消そうと動くが、一度溢れ出たヘドロを止めることができない。

まるで、蛇口《じゃぐち》が壊れてしまったかのように、止めどなく体から魔力が噴き出し続けている。

駄目、急いで抑えなきゃ、早く、あのときみたいに消さなきゃ！

全力でヘドロを封じ込めようとし、私はふと気づいた。

……あのときって？　いつ？

頭に浮かんだ言葉に、強烈な違和感を覚える。

ヨーカー魔法学園に来るまでの私は、ずっと低魔力で、こんな風に大量の魔力を押さえ込む必要がなかった。

けれど、頭の中にある風景が蘇《よみがえ》ってくるのだ。

見たことがないはずなのに、恐ろしくも懐かしい光景が。

ケバケバしい、原色の光と煙に包まれた私は……

今みたいに、体が熱くて熱くて、「このままでは壊れてしまう」と、泣き叫んでいた。

脳内の景色は、徐々に鮮明になっていく。


――昔、私は父に連れられて、古い研究所で待っているように言われたことがある。

そこに、「あの子」が遊びに来たのだ。「建物に入る私が見えた」と笑って……

お屋敷に滞在していた金髪の男の子。いつも一緒に遊んでいた、私の大事な友達。

でも、いつまで経っても父は帰ってこなくて、代わりに扉からガラス瓶《びん》が投げ込まれた。

とても嫌な感じがして、二人で走って部屋の隅へ逃げたっけ。

そうしたら、まるで意思があるかのように、瓶《びん》から出た派手な光と煙が追いかけてきて。

部屋には、どこにも逃げ場がなく、私は奇跡的に見つけた小さな穴から友達を逃がした。友達は「助けを呼んでくる」と言っていたけれど、もう間に合わないと覚悟していた。

予想通り、直後、私は光と煙に襲われたのだ。

それらは、私の体の中に侵入して熱になり、幼い全身を苛《さいな》んだ。

——苦しくて、苦しくて……そう、私は「熱いの」をなんとか封じようとしたのだ。

辛い状態から逃げようと、私は必死にもがいた。

——そうして、記憶ごと、魔力ごと、苦しみは消えた。「でき損ない」の私を残して。

額に手を置き、瞬《まばた》きする。きっかけを掴めば、するすると記憶が蘇《よみがえ》ってきた。

「……っ……思い出した」

幼い日に滞在した別荘、父の研究施設、金髪に左右の目の色が違う大事な友達。

「……ああ、そうだったんだ。だから、彼は」

まだわからないことも多い。けれど、今までの疑問が一つに繋《つな》がった。

そして、現在の状況が極めて危険だということも。

また、昔みたいに全身の熱を抑えられるかな？　でも、やり方がわからない。

あのときは必死で、どうやって助かったのかを覚えていないのだ。

それに、もう——

天井が全部吹き飛んで、空へ吐き出されるヘドロが見える。私は地下の、かなり深い位置にいた。

体の力が抜けていくのは、魔力を使いすぎたせいだろうか。

意識がもうろうとしているので、やばい状態かもしれない。

へなへなと床に座り込もうが、そんなことはお構いなしに、ヘドロは出続けている。

瓦礫《がれき》やその他諸々を呑み込みながら。

以前、授業で先生が「魔力の枯渇《こかつ》は命に関わる」と、言っていた。

魔力は私たちの体内に宿るエネルギーのようなもので、普通に使用する量なら、放っておいても自然回復するという。ただし、限界まで使い切ると、体に悪影響を与えるのだ。

「……身をもって体験できたなぁ」

時間が経過し、左右へ飛び散るヘドロが減り始めた。魔力が枯渇《こかつ》してきたのだろう。

ヘドロが全てを吸収したせいで、私を中心に空虚な大穴が広がっている。

動けずにいると、上から声が降ってきた。

「アメリー！」

「……っ⁉」

驚いて声の方へ視線を向ければ、天井に開いた穴の端からカマルが顔を覗かせている。

「待っていて、今行くから！」

続いて、うずくまって動けない私の傍に彼が着地する音がした。

顔を上げれば、あの頃と変わらない金髪に赤と青の美しい瞳が、目の前にある。

「カマル……」

背は伸びたし、ずいぶん大人びた少年になってしまったけれど。確かに昔出会った彼だった。

放心していた私は、手を差し伸べるカマルを見て慌てて声を張り上げる。

「駄目だよ、カマル。私に近づいたら危ないよ」

このヘドロは、触れたものを呑み込んでしまう危険物だ。ドラゴンも、男性二人組も生徒たちも、全てヘドロの中へ吸収されてしまった。

だというのに、カマルは動きを止めようとせず、目線を合わせるように跪《ひざまず》いてしまう。

左右に飛び出るヘドロは減っているけれど、いつまた復活するか私にも想像がつかないので怖い。

「カマル、逃げて。あなたを傷つけたくないの」

——大切な大切な、たった一人の幼なじみだから、巻き込みたくない。

私は、すがるように彼を見つめた。

※

闇黒街に到着し、怪しい建物にたどり着いたカマルは、持っていた魔法道具で鍵を開ける。

一階建ての建物だと思っていたが、入ってすぐのところに地下へと続く階段があった。

クー・シーのエレがそちらへ顔を向ける。アメリーは下にいるようだ。

(フィーユの森でのことが思い出されるな)

地下には、ろくな思い出がない。

「早く行かなきゃ……」

警戒しつつ、二人と二匹で階段を下り始めたそのとき、地下から轟音《ごうおん》が聞こえ、足下が激しく揺れた。

「きゃあっ⁉　な、何？　カマル、大丈夫？」

「一旦外に出よう」

ミスティやエレと共に、シュエを抱いたカマルは扉の外に戻る。

扉をまたぐと同時に建物が吹き飛ばされ、中から大量のヘドロが噴き出した。慌てて距離を取り、念のため魔法で壁を作る。

ヘドロは建物を丸ごと呑み込み、太い柱のように天へと伸びていた。

「カマル、このヘドロ、アメリーの魔法だよね」

ミスティの質問に黙って頷く。

「今まで目にしたことのないヘドロの量だ」

この無差別に周りを巻き込む凶悪な現象を、カマルは知っている。かつて、自分も経験した。

「魔力暴走だね……」

ヘドロだらけで、建物の中は何も見えない。近づくことすら難しい。

（でも、行かなきゃ）

塔の中に彼女を一人残したことを、何度後悔しただろう。

――今度こそ、アメリーを一人にしないと決めたんだ。

「ミスティ、シュエをお願い」

「え、何言ってんの!?　カマル、危ないって!!　ヘドロに呑み込まれるよ!?」

彼女の告げたとおり、ヘドロは破壊した建物を全部吸収してしまっている。

けれど、先ほどより勢いが弱まっていた。

いくら魔力過多とはいえ、無限に魔法を使い続けられるわけではない。

「魔力が減っているのかもしれない」

少しすると、噴出するヘドロが消え、目の前にぽっかりと大穴が開いた。

下を覗き込むと……

「見つけた」

大穴の底でうずくまるアメリーが見える。

まだ彼女の周囲にヘドロの魔法が噴き出しているが、威力はほぼないに等しい。

「アメリー！」

大きな声で呼べば、彼女はハッとしたように顔を上げた。

「待っていて、今行くから！」

言うやいなや、迷わず大穴へ飛び込む。

アメリーのすぐ傍に着地し、彼女に手を差し伸べると、戸惑った黒い瞳がカマルを見つめた。

「駄目だよ、カマル。私に近づいたら危ないよ」

こんなときでさえ、アメリーはカマルを優先する。昔からそうだ。

自分の身を危険にさらして、相手の安全を重んじる。優しい性格だけれど、悪く言えば自分を全く大切にしない。

「カマル、逃げて。あなたを傷つけたくないの」

今度ばかりは、彼女の言葉に従うことはできない。

アメリーを見捨てるなんて、彼女を苦しめるなんて、二度とごめんだ。

「お願い、逃げてってば!!」

身を引いた彼女は、頑《かたく》なにカマルを拒絶する。

「来ないで……！　来ちゃ駄目！　危ないから！」

「嫌だ!!」

強い拒絶の言葉を耳にし、驚いたアメリーが体をこわばらせる。

「もう二度と、君を置いて逃げないって決めたんだ！　あのとき、僕は死ぬほど後悔した！　今度は、今度こそは置いていったりしない!!」

よく見るとアメリーは全身傷だらけだ。早く治療しなければと焦る一方で、彼女を酷い目に遭わせた者への憎しみが募った。

（……駄目だ。今はアメリーの魔力暴走を抑えるのが先）

あのヘドロの量から察するに、おそらく、ジュリアスの魔法道具は外されたか破壊されているのだ。カマルは自分の指にはまっていた指輪を引き抜いた。

「アメリー、手を貸して」

「駄目だよ、私の手からはヘドロが溢れて止まらないから……」

「そんなの、どうだっていい!! 僕は君を助けたいんだ!!」

ためらう彼女の手を問答無用で掴むと、ヘドロがカマルの腕を呑み込み始める。

「カマル!! 放して!!」

抵抗して悲鳴を上げるアメリーの指を押さえ、しっかりと指輪をはめた。

「大丈夫だよ、アメリー。大丈夫だから……」

「……っ!」

しばらくすると、残りのヘドロが嘘のように引いていく。アメリーの「魔法を消したい」という意志に従い、収まったのだ。

それに伴い、アメリーの体の力が抜け、ふらりと前へ倒れ込む。

カマルは、慌ててアメリーを支えた。

「アメリー、ヘドロは消えたよ。来るのが遅くなってごめんね」

地面に膝をついたまま、カマルはアメリーをそっと抱きしめる。

細くて、小さくて……温かい……

体に力が入らないのか、アメリーは大人しく身を預け、カマルの胸元に顔を埋めた。

大好きな幼なじみで、愛おしい女の子。彼女が無事で本当に良かったと心の底から安堵する。

「カマル、なんでここがわかったの？」

「シュエが知らせに来てくれたんだ。ミスティたちも協力してくれた。行こう」

歩けないアメリーを抱え上げ、この場を離れることにする。

「あのね、カマル。私、あなたに話したいことがあるの」

「僕もだよ。アメリーに伝えたい話が山ほどある。でも、今は無理をしないで」

アメリーが回復したら、過去の件も含め、きちんと説明するべきだ。

ずっと黙っていたけれど、こうなってしまったからには知らせる必要がある。

建物が全壊してしまったので、用意していたボードに乗り、ゆっくり上昇していく。

アメリーが魔法を解除したからか、彼女のヘドロが吸い込んだはずの瓦礫《がれき》が再び現れ、部屋の隅に無造作に積み上がっていた。

瓦礫《がれき》の横に男性二人と数人の生徒、魔物も転がっている。

全員気を失っているようだが、一体何があったのか……あとで調べる必要がありそうだ。

※

カマルに抱えられて地上に出ると、ミスティとシュエが私たちを迎えてくれた。

「アメリー、カマル！」

「ニャー！」

シュエは足を庇《かば》って歩いている。

「怪我をしているの、シュエ？」

「大丈夫だよ、アメリー。シュエは軽傷だから、魔法薬や治療ですぐ治せるよ」

ミスティの傍らには、クー・シーのエレがいる。

「シュエ、エレ、ミスティとカマルも、ありがとう……」

彼らの優しさと、助かったことに対する安堵で視界がにじむ。

――私は一人じゃない。

地下に閉じ込められ、ドラゴンの前に突き飛ばされたときは絶望しかなかった。

自分の境遇を恨んで、嫌な経験ばかりだと運命を呪ったけれど……でも、違ったのだ。

辛いことだけの人生じゃない。こんなにも心配してくれる友達や使い魔がいる。

学園に入学してからの私は、素敵な仲間に恵まれたし、大切な幼なじみにも再会できた。

私を抱き上げたまま、カマルが優しい声で告げる。

「帰ろう、黒撫子寮へ」

「うん、そうだね」

明るい空を見上げると、地下での恐怖がほんの少し和らいだ。

ようやく、一息つける。もう、体は限界だ。

そのとき空の向こうから、キラキラとコバルト色に輝く何かが近づいてくるのに気づいた。

「あれは……」

「アメリー。どうしたの？　あのコバルト色の物体はなんだろう」

「たぶん、魔法都市で見つかった魔物だ。地下にいたつがいを捜しに来たんだよ」

「えっ……」

飛行物体を眺めるカマルに向かって、私は抱き上げられたまま、地下で自分が見た光景を伝えた。

コバルトドラゴンと共に捕まっていて、売られそうになっていたこと。

複数の生徒に魔法で攻撃されたこと。

何かの拍子で拘束が外れたドラゴンに襲われ、暴走したヘドロ魔法で飲み込んでしまったことなど全て。

「向こうの瓦礫《がれき》の上に倒れている魔物がそうだよ。魔法都市で魔物が目撃されていたけれど、理由があったんだ。密猟者につがいを連れていかれたから、捜しに来たみたい」

「それは、捜すだろうねえ。他人事《ひとごと》とは思えないよ……」

しんみりした調子でカマルが言った。

話していると、不意にミスティが焦った声を上げる。

「アメリー、カマル、ここから逃げた方がいいかも！　コバルトドラゴンは温厚な魔物だけれど、怒ると超凶暴だから。特に雄は！」

その間にも、コバルトドラゴンはぐんぐん迫ってくる。

見知らぬ人間によって、勝手につがいを連れて行かれたのだ。敵意をむき出しにしていても仕方がない。

ドラゴンは大きな翼を動かして、ゆっくり近づいてきた。まだ距離は遠いけれど、強い風圧でうかつに動けない。

怪我をしている私は、カマルやミスティの足手まといになってしまう。

「どうしよう……」

地味にピンチだ。

けれど、そのタイミングで、コバルトドラゴンが急に動きを止めた。

見ると、半透明の檻《おり》がドラゴンの周りを丸く囲んでいる。

突然現れた人工物は、明らかに誰かの魔法によって作られたものだ。

「魔法……？　誰が……？」

戸惑うコバルトドラゴンを包み込んだ檻《おり》は、ゆっくりと地上へ降下して地面に置かれた。

中でドラゴンが暴れているけれど、風圧は遮断されている。

檻《おり》を観察していると、薔薇色のボードが猛スピードで飛んできた。

「ジュリアス先生だ!!」

ミスティが大きな声を上げ、同時にボードに乗った先生が檻《おり》の上へ着地する。

「君たちは、どうしてこんな場所に？　今日の魔法都市は危ないと、全寮に連絡が行っているはずだが」

怒るでもなく、彼は不思議そうに生徒を見ていた。

頭ごなしに叱《しか》るのではなく、街に出た理由を尋ねようとしている。質問には、ミスティが答えた。

「先生が留守の間に、アメリーが誘拐されたの！　このコバルトドラゴンは、密猟者に捕まったつがいを捜して、魔法都市に迷い込んできたみたい。あそこで伸びているのが、つがいのドラゴン。アメリーと一緒に地下にいたんだって」

「なるほど。魔物は、『風と緑のエリア』の職員に連絡して引き取りに来てもらおう。野性に返すにしろ、治療するにしろ、あそこの管轄《かんかつ》だからな」

魔物に関する仕事は、細かく役割が決まっているようだ。

そして、ジュリアス先生は、私とシュエの怪我に気づいた。

「カマル、アメリーとシュエを連れて寮へ。どうせ、トールに寮への転移アイテムをもらっているだろう？　私はここを調査したらすぐ帰る。魔物の引き渡しも必要だしな」

トールさんの過保護は、とうとう担任教師の知るところとなってしまったようだ。

残りの出来事は、ミスティが先生に説明すると決まり、私とカマルとシュエは一足先に黒撫子寮へ転移する。

ジュリアス先生の言うとおり、カマルがトールさんに持たされていたアイテムの中に、ガロを助けたときのような、一瞬で部屋に戻る魔法玉があった。

地面にそれをぶつけると、景色が一瞬のうちに変わる。

目を開けると、私はまたカマルの部屋へ移動していた。ヨーカー魔法学園の授業では、まだ転移の魔法玉作りは習っていないけれど、このアイテムは指定した座標へ飛ぶ仕組みのようだ。

「アメリー。とりあえず、君の部屋に行こう」

私を部屋へ運ぼうと動いたカマルだけれど、ふと何かに気づいて目を見張る。

「どうしたの、カマル？」

「あ、アメリー……その、背中が……」

気まずげに、目を逸らすカマル。私はハッと、我に返った。

そういえば、私の服、確か……背中に大きな穴が開いていたよね!?　背中以外もボロボロだし！

「ひゃあっ!!」

恥ずかしい！　すぐにでも隠れたいけれど、カマルに抱き上げられていて不可能！

可哀想に、彼は「見ていないから」と連呼し、あらぬ方向を向いている。

「……ごめんね、カマル。魔法で攻撃されたときに服が破れちゃったみたい」

「誰がそんな酷いことを？」

カマルの声が低い。友達思いの彼は、私の受けた仕打ちに怒ってくれているのだ。

「赤薔薇寮と青桔梗寮の生徒。カマルが知っている人たちもいたよ」

「あそこに倒れていたメンバーか……」

詳細を聞きながら、カマルは私を降ろして、自分の上着を脱いでこちらに差し出す。

「とりあえず、アメリーはこれを着て。怪我に当たると痛いかな？」

「ううん、大丈夫。傷口は乾いているから」

一度カマルのベッドに下ろされ、渡された服を羽織る。

借りた上着は温かくて、オリエンタルないい香りがした。

カマルに部屋へ運んでもらい、しばらく経つと、事情を聞いたトールさんがやって来た。ノアやハイネも一緒だ。

魔物捜索のために教師の多くは外に出ていたので、ヨーカー魔法学園に残っているトールさんに、カマルから依頼を受けたノアが連絡してくれたらしい。

トールさんはいつになく顔を曇《くも》らせている。

「カマル、アメリーちゃん、本当に無事で良かった。すぐに俺が治療するから大丈夫だよ」

彼の言葉を耳にして、私は首を傾《かし》げる。

「トールさんは、学生課の職員と魔法薬学の教師ですよね？　治療を行うのは、学園の保健医ではないのですか？」

カマル、ノア、ハイネも不思議そうな表情を浮かべている。

すると、トールさんはまたしても、仰天《ぎょうてん》発言を繰り出した。

「この度、俺が保健医も兼務することになったよ～。もと保健医のじいさんが、落ちこぼれクラスの平民を見るのは嫌だとか、腰が痛いとか駄々をこねたから、魔法医療と魔法薬学の知識で勝負して、穏便《おんびん》に身を引いてもらったんだ♪」

魔法薬学の教師を兼務し始めたときと同様、相手のプライドをへし折って引退へ追い込んでしまったようだ。

「お、おじさん！　何を勝手な真似を！　……と、言おうと思ったけれど、今回に関してはグッジョブだね。そんな保健医は、いる意味がないよ」

カマルが怒りながら言うと、ノアやハイネも「うんうん」と頷いた。

「というわけで、アメリーちゃんは背中を見せて。皆は診察と治療の間、部屋を出ていってね」

不安な表情を浮かべながら、カマルとノア、ハイネが出口に移動する。

「おじさん、アメリーに変なことしないでよ？」

「しない、しない。子供に興味はないからね。俺の好みはもっと年上」

大甥《おおおい》の忠告に苦笑いしつつ、トールさんは彼に手を振った。

「さてと、アメリーちゃん。魔力がほとんどなくなっているね……暴走させたんだって？」

「暴走……？」

「うん。膨大な魔力が溢れて、魔法が制御できなくなる現象だよ。魔力過多の人間は、魔力暴走を起こしやすいんだ」

トールさんの言葉から、私はヘドロが止まらなくなる現象が魔力暴走だったと知る。

「実は、カマルも過去に魔力暴走を起こしたことがあるんだ。カマルはもともと並の魔力しか持たない子だったけれど、フィーユから帰ってきたら魔力量が異様に上がっていて……」

「もしかして、あの塔で？」

「当時のことは、カマルから聞いたよ。君の考えは合っている。詳しくは今度話すから、今はゆっくり休みなさい」

「はい……」

とはいえ、なんとなく、私にも状況がわかってきた。

学生課で聞いた、彼らの話に出ていた「メルヴィーン商会」や「犯人」という言葉。

私やカマルの魔力過多には、うちの実家が関わっているのではないだろうか。だから、トールさんは私の体調が回復するまで話すことを避けたのだと思う。

あの塔で何かが起こったのだとすれば、虹色の煙の原因には父も絡んでいる。彼は、私に塔の中にいるよう指示を出し、そして中に何かが投げ込まれた。

何をしようとしていたか、わからないけれど。私を狙ったものだ。

カマルは偶然巻き込まれただけで、一方的な被害者……

蘇《よみがえ》った記憶のおかげで、様々なことが見えてきた。

事件のあとから、父は私を「失敗作」と呼ぶようになった。魔力の少ない、才能のない人間だと。

失敗とは、なんの失敗だったのか。

……まさか、私を使って実験でもしていた？

メルヴィーン商会は、魔法薬を扱う大きな組織。効果を確認するため、人を使った実験も行っている。

フィーユにいた、父や彼の部下が、私たちに何かをしたのなら……

私は、無関係のカマルを巻き込んでしまったことになる。

※

もと赤薔薇寮生かつ侯爵子息のベドールは、目深《まぶか》にフードを被って魔法都市の「闇黒街」へ急いでいた。

脇には、魔法攻撃により気を失った生徒を抱えている。痩《や》せて貧相な女だ。

少し前、ベドールは魔法都市の「石壁と竈《かまど》のエリア」で、この女に酷い目に遭わされた。

不敬だと使い魔をけしかけたら、謎のヘドロ魔法で反撃されてしまったのである。

おまけに、その事件が公《おおやけ》になり退学処分を受け、父からは「しばらく侯爵家の屋敷を出るな」ときつく注意されてしまった。

なぜ、自分が不当な扱いに甘んじなければならないのか、全くもって納得がいかない。

(全部、あの平民のせいだ。他国の王族まで味方につけて、こざかしい女め)

サリーも、「意地悪で素行と性格の悪い姉」だと言っていた。

愛おしいサリーの心とベドールの矜持《きょうじ》を傷つけた、アメリー・メルヴィーン。

奴をヨーカー魔法学園から、いや、魔法都市から消さなければならない。

同じ目的を持つ同志も揃った。彼らもサリーに同情し、平民女を嫌っている生徒たちだ。

貴族は、幼い頃からある程度の交流がある。横の繋《つな》がりで、協力者はあっという間に見つかった。

共に学園の警備が手薄になり、平民女が孤立する瞬間を狙う。

実行犯は青桔梗寮の脳筋たち。

高貴な赤薔薇寮生は、ベドールを含め直接手を汚さない。

「生意気な平民女も、今回のことで思い知っただろう。貴族を敵に回すと、どういう目に遭うのかをな。俺たちで、サリーを助けるんだ」

皆の心は一つだ。魔物の取り引きをしている業者の隠れ家に平民女を運び込んで閉じ込め、売り飛ばすよう指示を出す。奴隷に落ち、ベドールに逆らったことを後悔しながら生きればいい。

奴の未来を考えると清々しい気分になる。転んでもただでは起きないのがベドールなのだ。

地下深くにある違法な業者のアジトに平民女を閉じ込め、ついでに、以前頼んでいたコバルトドラゴンに関する取り引きも行う。

話の途中で平民女が目を覚ましたので、様子を見に行った。

しかし、奴は、この期《ご》に及んでサリーへの罪を頑《かたく》なに認めない。

腐った根性をたたき直すため、再び魔法攻撃を浴びせる。

しばらくすると、業者の男たちがにわかに騒ぎ始めた。捕らえたコバルトドラゴンが暴れ、枷《かせ》が外れたようだ。さらには、大人しくさせておくための魔法陣も崩れてしまったという。

(こうなったら、手がつけられない)

希少なコバルトドラゴンは美しいけれど、怒ると凶暴な性格なのだ。

「皆様、お逃げください、ここは危険です!!」

全員命は惜しいので、コバルトドラゴンを再度捕らえるという業者の言葉を信じて渋々従う。

だが、コバルトドラゴンが予想外に速く動き、ベドールたちの方へ突っ込んできた。

慌てて、上階へ続く階段を駆け上がる。

魔法都市とはいえ、闇黒街はアナログな部分が多く、魔法陣のエレベーターなどはないのだ。

後ろから追いついてきた業者の話によると、平民女を餌《えさ》にして時間を稼いでいるらしい。

大事なドラゴンにあんなものを食べさせたくはなかったが、背に腹は替えられない。

（今は逃げるのが先だ。外にさえ出られれば、ドラゴンの気を逸らせる）

そう思っていたのだが、階下からゴゴゴという異音がし、汚い色の何かが吹き出してきた。

ベドールはこれに見覚えがある。

あの平民女が出していた壁と同じ、ヘドロだ！

「に、逃げろ、もっと早く!!　上へ!!」

前を進む青桔梗寮生を押しのけ、是が非でも助かろうと急ぐ。

後ろを走っていた業者の男たちや、体勢を崩した青桔梗寮生の悲鳴が聞こえた。

あれは、触れた者を吸収する不気味な魔法なのだ。

使い魔のアッシュドラゴンがトラウマを抱えてしまうくらい不吉な魔法……

けれど、階下からヘドロが鉄砲水のように迫ってきて、ベドールをあっさりと呑み込んだ。


目が覚めると、ベドールは他の生徒や業者の男と共に拘束されていた。

他の生徒は気を失っており、周りにはたくさんの兵士がいる。

何が起きたのかわからないが、自分にとって良くない状況だということは理解できた。

――まずいぞ……

業者の男たちが、兵士に何事か質問されている。

基本的に「闇黒街」の事件は、治安を守る兵士から見て見ぬふりをされている。

ベドールの侯爵家を始め、有力者たちが関わっている事例が多いからだ。

よって、表沙汰にならない限りは見逃されるし、些事であればもみ消せる。

けれども、今回は建物が消え去るような事態が起こり、現場が大勢の目にさらされている。

もはや、言い逃れはできないだろう。

兵士たちも、取り締まらざるを得ないはずだ。ベドールは、無関係を貫こうと決めた。

「べ、ベドール様！　なんとかしてください！」

しかし、その直後、近くで拘束されている業者の男たちが、ベドールにすがるような目を向けてきた。彼らは、権力者である自分に助けを求めたいのだ。

（こいつらを見捨てて、無関係を装うべきだよな）

コバルトドラゴンを手に入れ損ねたのは残念だが、また他を当たればいいだろう。

だが、そこでベドールたちに、別の者から声がかかった。

「お前たち、なぜ闇黒街にいる⁉」

目の前にいたのは、ヨーカー魔法学園の教師で平民女の担任、ジュリアス・ロードライトだった。

何度か彼の授業を受けた記憶があるが、実力は申し分なく、厄介《やっかい》な相手だ。

圧力をかけようにも、彼もまた他国の高位貴族――魔法大国の公爵家の三男ときた。

父が魔法大国の王弟、母が宰相という、ベドールにも太刀打ちできない家柄で……

なんで、そんな奴が他国の魔法学校に来て、教師なんぞをしているんだと言いたい。

冷や汗をかきながら、ベドールは近づいてくるジュリアスを見つめる。

コツコツと靴音を響かせ、自分たちを睥睨《へいげい》する彼の威圧感は半端ない。

「答えろ。なぜ、闇黒街にいるのかと尋ねているんだ。しかも今、この男はお前の名前を呼んだ。もともと知り合いなのか？　アメリー・メルヴィーンを連れ去った理由は？」

「そいつらがやったのだろう！　俺は無関係だ!!　むしろ、誘拐された側だ!!」

保身のため、必死に嘘の自己弁護を繰り返す。

ベドールの叫びを聞いて、ジュリアスは業者の男に問いかけた。

「……と、奴は言っているが、事実か？」

業者の男は、つばを飛ばしながら、ベドールの言葉を否定する。

「違う！　俺たちは、ベドール様にドラゴンを売るよう依頼されたんだ！　それから、平民の子供を余所に売り飛ばして欲しいと！　あの子供は、ベドール様とそこの生徒たちが連れてきたんだ！　誘拐なんてとんでもねえ!!」

自分だけが犯人となり、重い罪を背負わされてなるものかと、男たちはベドールの罪を次々に白状していく。自分を見捨てた貴族が許せないと訴えるかのように。

「……なるほど」

ややあって、ジュリアスがベドールに手のひらを向ける。いつでも魔法を放つという脅しだ。

「ベドール、お前から詳しく真実を聞きたい」

集まった兵士が、無言で業者の男を引きずっていく。

その様子を見ておののいたベドールは、精一杯ジュリアスを威嚇《いかく》する。

「俺たちを拘束して、ただで済むと思うのか！　俺は、俺たちは……！」

けれど、ジュリアスはベドールの言葉を無視した。

「関わった者は、これで全てか？　なぜ、こんな愚かな真似をした」

「それは……」

ただの私怨だ。正直に話せるわけがない。

だが、そのときベドールの脳裏にサリーの姿が浮かんだ。

「そ、そうだ。あの女は、妹のサリーを長年いじめていた罪人だ。学園でも勝手に赤薔薇寮へ侵入し、彼女の私物を破壊した。サリーは国に必要な人材だ。そんな彼女が、害されていいはずがないだろう！　俺は国益を守ったんだ!!」

「それで、誘拐まがいの行為を？　まあいい、詳しい話はサリー本人に聞こう」

「サリーは、今回の件に無関係だ！　彼女は何も知らない！」

可愛く儚《はかな》い聖女のような少女。ベドールを始め、生徒の多くはサリーに心酔している。

自分のせいで無実の彼女が裁かれることなんて、あってはならない。

ベドールは聖女のようなサリーを愛しく思っていた。兵士の前に突き出すなんてできないのだ。

「それよりも、この件で俺を断罪すれば、侯爵家が黙っていないぞ！　俺だけじゃない、ここにいる生徒の親だって……」

なりふり構わず叫び続けるベドールだが、ジュリアスはため息を吐きながら聞き流している。

「彼は錯乱《さくらん》していて会話が成り立たないようだ。連れていってくれ」

ジュリアスの指示でやって来た兵士は、拘束されたベドールたちを容赦《ようしゃ》なく引きずっていく。

「やめろ、ふざけるな！　俺を誰だと思っているんだ！　あああああーっ！」

抵抗もむなしく、生徒たちは全員、業者の男たちと同じ場所へ連行されてしまった。

八　幼い日の思い出と大切な友人

あれから、私は自室に戻り、トールさんに怪我の治療をしてもらった。

すぐに痛みが引いていき、やはり彼の魔法はすごいと思った。

でも、私の知る魔法治療じゃない。

白百合寮の生徒が得意とする医療魔法と彼の魔法は、種類が違う気がしたのだ。

どちらかというと、サリーの治癒魔法に近いような……？

ハイネに着替えを手伝ってもらい、「数日間は安静に」という指示を受けて、ベッドに横になる。

いろいろ考えているうちに、私は眠りに落ちてしまい、次に気がつくと夜だった。

ゆっくりベッドから出てカーテンを開けると、外は暗くて空には銀色の星がきらめいている。

しばらく経ち、コンコンと誰かが扉をノックする音が聞こえた。

「どうぞ」

返事をすると扉が開き、立っていたのは不安げな表情のカマルだった。

「アメリー、起きたんだね。もう怪我は大丈夫？」

「うん、熟睡していたみたい。怪我の痛みは取れたよ。傷も綺麗に塞いでもらえたみたい。トールさんはやっぱり、すごい魔法使いだね」

「治療は、おじさんの特技なんだ」

立ち話もなんなので、私は部屋の中にカマルを招き、椅子に座ってもらう。

向かいの寝台に腰掛ける私の元気な姿を見て、彼もいくらか落ち着きを取り戻したようだ。

「あのね。私、カマルに話したいことがあったの」

「うん。ここへ戻る前にも言っていたね」

事件の最中に蘇《よみがえ》った過去の記憶。

ずっと忘れていたけれど、私とカマルは昔からの友達だった。

カマルが以前、「覚えていないなら、いいんだ」と繰り返していたこと。それは当時の出来事を指していたのだ。

ぽつぽつと、自分の思い出したことをカマルに話す。

「昔、私には仲の良かった友達がいたんだ。その子とは旅先で知り合って、よく一緒に遊んだ。ただ、怖い事故に巻き込まれてしまって、彼との思い出は長年忘れていたの。けれど、魔力が暴走したとき、当時の記憶が浮かび上がってきて」

塔の中、苦しみから逃れようとした幼い私は無意識に、魔力や辛い記憶ごと、大事な思い出まで身の内へ封じ込めてしまっていたのだ。

「友達の名前はカマル。昔のあなただったんだね」

「……っ⁉」

色違いの宝石のような、美しいカマルの瞳が驚きに揺れている。

それを見て、本当に、彼があのときの子供なのだと確信した。

――やっぱり、彼だった。

どうして、こんなにもカマルが私に優しいのか。最初からとても友好的だったのか。

ずっと不思議に思っていた。

学園で親切にしてくれたのも、仲良くしてくれたのも、昔出会った友達だったからなのだ。

「アメリー……思い出したんだね」

「うん、ごめんね。カマルのことを忘れていて」

「ううん、いいんだ。怖い事件の記憶も蘇《よみがえ》るかもしれないと、僕も敢《あ》えて黙っていたから。でも、やっぱり、わかってもらえると嬉しいね。アメリー……」

どこか泣きそうな表情で私の名を呼んだ彼は、怖々と私に手を伸ばした。

「ごめん、ごめんね。あのとき、君を助けられなかった。危険な場所に君だけを残して、僕は……」

捕らえられていた闇黒街の地下で私の魔力が暴走した際、カマルは過去を後悔していたようだ。

彼が自分を責める必要などないのに。

「カマルは悪くないよ。ヘドロまみれの私の腕を掴んで助けてくれたじゃない。それに昔、建物からあなたを逃がしたとき、私にはもう手遅れだとわかっていたの……気に病ませてしまって、ごめんなさい」

穴からカマルが脱出した直後、私は極彩色の煙や光の餌食《えじき》になった。

——いや、違う。カマルも被害に遭っている。私は彼を助けられなかった。

おそらく、彼の魔力過多の原因は、あのときの煙や光だ。

「カマル……」

私は、震える声で彼に告げた。

「あなたの魔力過多、私のせいかもしれない。カマルを巻き込んでしまったかも」

「アメリーのせいじゃない！　悪いのは、ライザー・メルヴィーンと彼の協力者だ！」

思いのほか強い口調に驚く私を、ハッと我に返ったカマルがなだめる。

「君が責任を感じる必要なんてないんだ」

カマルはゆっくりと、あの日のことを私に教えてくれた。

メルヴィーン商会は、魔力を増幅させる薬を開発していたらしい。現存する、魔力を増やす方法は、禁断魔法の使用だけだから。

でも、禁断魔法という扱いからわかるように、急激な魔力の増加はいろいろな意味で危険視される行為だった。世界的にも禁止されている。

だから、父は外にばれないよう、身内の私を実験に使ったのだという。

首尾良く魔力を増幅できれば、私自身を国へ売り込むつもりだったようだ。

私自身を今のサリーのような存在にし、それとは別で効果を薄めた「魔力増幅の魔法薬」を販売する。娘と薬の両方を提示して、さらに国内での力を強める算段だったとのこと。

カマルとトールさんは、メルヴィーン商会が起こした事件を調べるため、留学をかねてこの国を訪れた。

学業を言い訳にしなければ、彼らの身分では、なかなか他国へ渡れない。

「僕の方こそ、君に辛い思いをさせた。まさか、アメリーが実家であんなに酷い扱いを受けているなんて思わなかったんだ」

「大丈夫だよ、今は元気だし。クラスの皆とも仲良くなれたし」

けれど、カマルは納得がいかないようで、そっと私を抱きしめて言った。

「本当は、今すぐ君を、僕の国へ連れていきたい。でも、アメリーが魔法の勉強をしたがっていることも知ってる」

彼の体温を感じ、心臓がトクンと大きく跳ねた。

「だから、僕もここにいるよ。君が卒業するまで」

「私に責任を感じなくていいんだよ？　カマルは自分の好きなように生きて」

「そうしているよ。エメランディアへ来たのも僕の希望だし」

カマルは私を抱きしめたまま話を続ける。

「ライザー・メルヴィーンの件は調査中だけど、きっと解決できる。大丈夫だよ」

そして彼が「アメリーは、僕が守るから」と口にしたところで、バンと部屋のドアが開き、悲鳴と共にミスティとハイネ、ノアにガロが転がり込んできた。

どうやら、扉の外で立ち聞きしていたようだ。

「もう！　ノアが押すからでしょ！」

「ミスティが重いからだろ！」

「許せない！　ガロも何か言ってやってよ！」

「……いや、俺は」

ミスティとノアが言い争っており、ガロが巻き込まれている。ハイネは我関せずといった態度だ。

「アメリー！　怪我が治って良かった！」

駆け寄ってきたミスティは、私がカマルに抱きしめられているのを見て「やっぱり夫婦だわ」とつぶやいた。

※

あれから回復した私は、そのあとの出来事をミスティたちから聞いた。

「コバルトドラゴンは、雄も雌も保護団体に引き取られたよ。様子を見て野性に返すってさ。ベドールが飼っていたアッシュドラゴンも保護団体が連れていった」

「そうなんだ。良かった、魔物に罪はないものね」

密猟されていたドラゴンたちが無事と知って、私は安心した。

ミスティに続き、ノアが犯人の処遇について教えてくれる。

「事件にはヨーカー魔法学園の生徒も関わっていて、全員が処分されるんだとよ。今回のは悪質すぎる犯罪だからな！　魔物の密猟と売買、傷害と誘拐と人身売買。主犯のベドールは勘当されて牢屋《ろうや》行き、侯爵家も取り潰しは免《まぬか》れたものの、大きな罰を受けて以前のような力を失ったみたいだ。他の生徒はベドールほど罪は重くないけど、全員が退学処分になり、実家で軟禁生活を送っている」

「耳が早いね」

「ああ、購買部のマンダリンの他にも、うちの親戚は手広くやっているのが多くて。いろいろな情報が入ってくるんだよ」

ノアの親戚には商売人が多数おり、全国各地に散っているようだった。

「それと、アメリー。お前、ちょっと気をつけた方がいいぞ」

「えっ……？」

「お前が魔法都市でヘドロを暴走させたせいで、世間に注目され始めているから」

彼の言葉を聞いた私は、青くなって震えた。

「どうしよう、器物破損で私も捕まっちゃう？」

「いや、それは心配ない。正当防衛だし、死人も怪我人も出ていないから。ジュリアス先生が、上手く説明してくれたみたいだ。それより、『膨大な魔力を持ち未知の魔法を操る、末恐ろしい才能の持ち主が現れた』と話題になってる」

なんということだ、恐ろしいデマが流れている！

私は、慌ててノアに訴えた。

「それは誤解だよ！　ノアも知っているでしょう？」

「誤解であれ、なんであれ、これからお前は注目される。学園内ではもちろん、魔法都市の住人や貴族にもな。気になるなら、明日の『魔法都市新聞』を読んでみればいいさ。寮の談話室に置いてある」

ノアは私を見て「田舎者で世間知らずだから、心配だな」とつぶやいた。ミスティやハイネ、ついでにガロまで頷いている。

……田舎度では、ガロの方が上だと思うけど。

カマルまでノアに同意しているのを目にし、私はガックリきた。

しょんぼりする私を見て、ガロが、フォローするようにぼそりとつぶやく。

「大丈夫だ、悪いことばかりじゃない。アメリーが活躍したおかげで悪人が捕まったから、黒撫子寮に得点が入った」

以前、寮生は行事や成績や授業態度によって、得点がもらえると聞いた。一年ごとに各寮の合計点数を競い、一番になった寮は祝勝旅行へ行けるとも。

「何点もらえたの？」

私が尋ねると、ガロは指を二本立てた。二点らしい。

「渋いよなー！　密猟犯を撃退したんだぞ!?　二十点はもらっていいはずだ！」

ノアが不満げに声を上げ、ミスティも文句を言った。

「黒撫子寮が得点を取るのは、他の寮に比べて難しいんだってさ。差別だよ差別！」

ハイネも無言で憤慨している様子。黒撫子寮は、こんなところでも冷遇されているようだ。


翌日、私は、ノアに教えてもらった「魔法都市新聞」を談話室で探した。

誰かが見たあとなのか、机の隅にひっそりと置かれているのを発見。

談話室に新聞があったなんて、初めて知った。これから読むようにしよう。

折られた新聞を開き、一面を見た私は、そこに書かれた衝撃的な内容に固まった。

『ヘドロ色の新星！　アメリー・メルヴィーン現る！』

なんじゃこりゃー！

一体なんのことなのか、思考が追いつかない。

しかも、いつの間に撮られたのか、私の顔写真まで載せられている。

目線を下げると、さらに理解不能な内容が並んでいた。

『なんと、アメリーは、あのサリーの姉だ。二人の才能ある娘に恵まれ、メルヴィーン商会も安泰！』

何が、どうしてこうなった？

次のページをめくると、先日の事件について書かれてある。

『ドラゴン密猟犯逮捕！　組織壊滅！』

『侯爵の馬鹿息子、連行時の呆れ果てた態度！』

どちらかというと、ゴシップ寄りの新聞のようだ。侯爵が力を失ったからか、彼の息子は散々な書かれようだった。どうしたものかと困っていると、寮長のオリビアさんがやってきた。

「あらあら、アメリーちゃん。一躍有名人になったわよねぇ。寮長として鼻が高いわ～」

「……いや、この記事、デマですから」

「そんなことないと思うけどぉ。あ、そうそう、ボードレースが近づいてきたから、黒撫子寮で合同練習をするわよ～。レースで走る順番も決めなきゃだし」

そういえば、レースまでもうすぐだ。

免許を取れたので、これからは一年生たちも魔法都市での練習に参加できるのだ。

メンバーは、三年生のオリビアさんとジェイソンさん、二年生のリアムさんとマデリンさん、一年生のノアとハイネとミスティ、ガロとカマル。そして、私だ。

行方不明の上級生二人は、未だに姿を現さないので、ボードレースに出るのは無理だと思う……いつの間にか、一年生の皆も談話室に集まり、賑やかになっている。

「あはは、アメリー、一面に載ったね！」

「ヘドロ色の新星だってよ！　こりゃあ、予想以上だったな！」

爆笑しているのは、ミスティとノアだ。ハイネとガロも隅っこでクスクスと笑っている。

おろおろしていると、横からカマルが顔を出した。

「アメリー、可愛く写っているね。僕も購買部でたくさん新聞を買い込んだんだ」

「えっ⁉　カマル⁉」

ヨーカー魔法学園の購買部には、各種新聞も置かれている。

「見る用と保管用と飾る用と予備と……はあ、尊い……」

ブツブツつぶやくカマルだけれど、声が小さくて聞こえない。

談話室の光景を眺め、平和な日々が戻ってきたことにホッとした。

ボードレースなど、課題は多いけれど、きっと皆と一緒ならやっていける。

「頑張ろう、私」

まだまだ気になることもあるけれど……

これから、魔法都市で、新しい人生を始めるのだ――

RC Regina COMICS
大好評発売中!!
異世界でカフェを開店しました。
1～9
原作
甘沢林檎
Ringo Amasawa
漫画
野口芽衣
Mei Noguchi
アルファポリスWebサイトにて
好評連載中!
異世界でカフェを開店しました。9
バカンスでLet'sクッキング!
初めての旅行先で海の家をオープン!?
大人気異世界クッキングファンタジー!
異世界クッキングファンタジー
待望のコミカライズ!
突然、ごはんのマズ～い異世界にトリップしてしまった理沙。もう耐えられない! と食文化を発展させるべく、カフェを開店。噂はたちまち広まり、カフェは大評判に。精霊のバジルちゃんや素敵な人達に囲まれて異世界ライフを満喫します!
B6判・各定価:本体680円+税
シリーズ累計116万部突破!
(電子含む)
アルファポリス 漫画
検索

シリーズ累計（電子含む）
65万部
突破!!
RC
Regina COMICS
詐騎士
1~8
SAGISHI
Presented by Kaitoko
Comic by Natsumi Asa
大好評
発売中!!
原作 かいとーこ
漫画 麻菜摘
アルファポリスWebサイトにて
好評連載中!
8
詐騎士
かいとーこ 麻菜摘
元腹黒少女騎士
陰謀渦巻く都に
淑女になって舞い戻る!
新感覚ファンタジー
待望のコミカライズ!!
ある王国の新人騎士の中に、一人風変わりな少年がいた。傀儡術《かいらいじゅつ》という特殊な魔術で自らの身体を操り、女の子と間違えられがちな友人を常にフォローしている。しかし実は、その少年こそが女の子だった！　性別も、年齢も、身分も、余命すらも詐称。飄々《ひょうひょう》と空を飛び、仲間たちを振り回す——。そんな詐騎士《さぎし》ルゼの偽りだらけの騎士生活！
B6判 / 各定価：本体680円＋税
アルファポリス 漫画
検索

RC
Regina COMICS
原作◎やしろ慧
漫画◎オミクニ
追放された最強聖女は、
街でスローライフを送りたい！
1

大好評発売中！

アルファポリスWebサイトにて
好評連載中！

追放された最強聖女は、
街でスローライフを送りたい
1
勇者に追放され、自由の身!のはずが…
騎士も魔物も聖女をほうっておかない!?

待望のコミカライズ！

〝聖女〟と呼ばれるほどの魔力を持つ治癒師のリーナは、ある日突然、勇者パーティを追放されてしまった！理不尽な追放にショックを受けるが、彼らのことはきっぱり忘れて、憧れのスローライフを送ろう！……と思った矢先、幼馴染で今は貴族となったアンリが現れる。再会の喜びも束の間、勇者パーティに不審な動きがあると知らされて——!?

アルファポリス 漫画　検索

B6判／定価：本体680円+税／
ISBN 978-4-434-27796-2

この作品に対する皆様のご意見・ご感想をお待ちしております。

おハガキ・お手紙は以下の宛先にお送りください。

【宛先】

〒150-6008 東京都渋谷区恵比寿 4-20-3 恵比寿ｶﾞｰﾃﾞﾝﾌﾟﾚｲｽﾀﾜｰ 8F
（株）アルファポリス　書籍感想係

メールフォームでのご意見・ご感想は右のＱＲコードから、
あるいは以下のワードで検索をかけてください。

アルファポリス　書籍の感想　検索

ご感想はこちらから

本書は、「アルファポリス」（https://www.alphapolis.co.jp/）に掲載されていたものを、改稿、加筆のうえ、書籍化したものです。

継母《ままはは》と妹《いもうと》に家《いえ》を乗《の》っ取《と》られたので、
魔法都市《まほうとし》で新《あたら》しい人生始《じんせいはじ》めます！

桜あげは（さくらあげは）

2020年　9月　5日初版発行

編集－古内沙知・宮田可南子
編集長－太田鉄平
発行者－梶本雄介
発行所－株式会社アルファポリス
〒150-6008 東京都渋谷区恵比寿4-20-3 恵比寿ｶﾞｰﾃﾞﾝﾌﾟﾚｲｽﾀﾜｰ8F
TEL 03-6277-1601（営業） 03-6277-1602（編集）
URL https://www.alphapolis.co.jp/
発売元－株式会社星雲社（共同出版社・流通責任出版社）
〒112-0005 東京都文京区水道1-3-30
TEL 03-3868-3275
装丁・本文イラスト－志田
装丁デザイン－AFTERGLOW
（レーベルフォーマットデザイン―ansyyqdesign）
印刷－図書印刷株式会社

価格はカバーに表示されてあります。

落丁乱丁の場合はアルファポリスまでご連絡ください。

送料は小社負担でお取り替えします。


ISBN978-4-434-27799-3 C0093